剣豪与力と鬼長官

押し込み大名

倉阪鬼一郎

コスミック・時代文庫

この作品はコスミック文庫のために書下ろされました。

目次

第一章　二度の押し込み

一

闇を走る影がある。
いくたりもいる。いずれも黒装束だ。
わずかに月あかりがある。
怪しい影を浮かびあがらせる。
ここは南新堀——。
問屋の蔵が立ち並ぶ町だ。
その一角に、醬油酢問屋、溜屋九兵衛が見世を構えていた。三代続く老舗で、丸に九。
得意先には大名屋敷も含まれている。

看板に屋号が刻まれている。そのくぐり戸が、ひそかに開いた。

中から手代風の男が現れた。引き込み役だ。

鋭く手招きをする。

入れ、というしぐさだ。

実直な手代の顔を装い、お店(たな)づとめを律義にこなして信頼を得る。しかし、それはこの日のために取り繕(つくろ)ってきた表の顔にすぎない。

いかに厳重に戸締まりをしても、内側に盗賊の手下がまぎれこんでいたら役に立たない。

一人、また一人と黒装束に身を包んだ男が、身をかがめてくぐり戸から入っていく。

ややあって、初めの悲鳴が響いた。

押し込みの凶行が始まったのだ。

助けてっ。

だれかっ。

急を告げる声が響く。

だが……。

助けは来ない。

遅まきながら異変を知らされ、番所の役人が溜屋に到着したころには、もうすべてが終わっていた。

二

「南新堀の溜屋か。大店だな」

月崎陽之進与力が腕組みをした。

南町奉行所の数ある書院の一つだ。

「江戸の醬油酢問屋の番付に入っている大店で、得意先には大名家もいくつか含まれております」

色の浅黒い、精悍な顔つきの男が言った。

隠密廻り同心の藤林竜太郎だ。

月崎陽之進が与力になったあと、跡を継ぐかたちで隠密廻り同心の御役に就いたのがこの男だ。

剣豪与力の異名を取る月崎与力は、柳生新陰流の免許皆伝の腕前だ。その名から採った陽月流の遣い手とも言われている。町方では右に出る者のない、まさしく剣豪だ。

藤林同心も腕に覚えはある。ただし、数の少ない二刀流の剣士で、腕を磨く道場は剣豪与力とは異なっていた。

「借金があったら、押し込みで踏み倒してしまうわけか」

剣豪与力はそう言うと、苦そうに茶を啜った。

「そうかもしれません」

藤林同心がうなずく。

「銭もさることながら、まずはかどわかしに遭った者のゆくえを探さねばな」

月崎与力はそう言って湯呑みを置いた。

「はい。町方の総力を挙げて捜索に当たっているところです」

藤林同心が引き締まった表情で言った。

押し込みに遭った南新堀の溜屋では、残念ながらいくたりかが殺められた。それだけではない。娘も賊にかどわかされてしまった。安否が気遣われる。

「町方だけでは網を張りきれない。いま火盗改方につないでいるところだ」

剣豪与力が言った。

火付盗賊改方の長谷川平次長官は肝胆相照らす仲で、同じ道場で腕を磨いている。

剣豪与力と鬼長官はともに力を合わせて悪党退治に乗り出し、江戸の安寧を護ってきた。

「承知しました」

藤林同心が小気味よくうなずいた。

「盗賊がこのたびの押し込みで味を占めて、二の矢を放ってくるかもしれぬ。気を引き締めていけ」

剣豪与力が言った。

「はっ」

藤林同心が肚から声を出した。

三

松川町の自彊館だ。

気の入った声が響いた。

「とりゃっ！」

「てやっ」

二人の剣士が稽古中だ。

剣豪与力と鬼長官だ。ともにひき肌竹刀を構えている。

自彊館は柳生新陰流の道場だ。稽古で相手に怪我をさせぬように、牛や馬の皮をかぶせたひき肌竹刀を用いる。

鬼長官こと長谷川平次は陰流を学んだ剣士だが、新陰流の源流ゆえ、同じ道場で研鑽を積んでいる。

もう一組、道着に身を包んだ二人の剣士が相対していた。

師範代の二ツ木伝三郎と、若き門人の望地数馬だ。そちらも熱の入った稽古ぶりだった。

以前は道場主の芳野(よしの)東斎(とうさい)が奥の畳の上に陣取って目を光らせていた。さりながら、憎むべき辻斬(つじぎ)りによって命を奪われてしまった。道場は深い悲しみに包まれた。

その師の敵(かたき)は剣豪与力と鬼長官が見事討ち果たした。年が明ければ、師範代の二ツ木伝三郎が新たな道場主となる手筈(てはず)になっている。

「とりゃっ」

剣豪与力が踏みこむ。

「ぬんっ」

鬼長官が正しく受ける。

しばらく火の出るような稽古が続いた。

床に端座し、稽古を見守っている男がいた。

火盗改方に加わっている元隠密の中堂左門(なかどうさもん)だ。忍び仕事を得手とする身の軽い男だが、剣術の稽古には加わらない。

ややあって、動きが止まった。

どちらからともなく竹刀を納める。

阿吽(あうん)の呼吸だ。

剣豪与力と鬼長官は一礼した。

礼に始まり、礼に終わる。

清々しい稽古が終わった。

四

「なるほど、大名家にも貸しがあったわけですな」

江戸屋のあるじの甚太郎がそう言って、ある大名の上屋敷に山吹色の駒を置いた。

松川町には二軒の江戸屋がある。

片方は兄の甚太郎が営む駕籠屋で、もう片方は弟の仁次郎があるじの飯屋だ。

道場での稽古を終えた剣豪与力と鬼長官は、駕籠屋のほうの江戸屋にいた。

駕籠屋のあるじはなかなかの知恵者で、奥の座敷に江戸の切絵図を広げて山吹色の駒を置き、駕籠がいまどのあたりにいるかひと目で分かるようにした。こうしておけば、駕籠の依頼があったときにすぐ段取りを整えることができる。

さりながら、いま置かれた駒は駕籠の場所を表すものではなかった。

押し込みに遭った南新堀の溜屋の得意先だった大名家の上屋敷に、甚太郎は山吹色の駒を置いた。

「そのとおりだ。ことに、その大名家には金も貸していたらしい」

剣豪与力が告げた。

「手下に命じて押し込みをやらせれば、借財は棒引きになるわけで」

厳しい顔つきで、鬼長官が言った。

「押し込みをやらかせば、悪党にとってみれば万々歳っていうことですな」

駕籠屋のあるじが苦い顔つきで煙管(キセル)を吹かした。

「そのあたりを探ってくれ」

鬼長官が元隠密に言った。

「この屋敷だけで？」

左門は山吹色の駒を指さした。

「まずは、いちばん怪しいところを探ることにしよう」

鬼長官が答えた。

「あとで小六(ころく)も出す」

剣豪与力が言った。

猫又の小六は身が軽く、忍び仕事の心得もある。

「承知しました。では」

左門はすっと腰を上げた。

ほどなく、いま話に出ていた小六があわただしく入ってきた。

十手持ちの閂の大五郎も一緒だ。二人とも元相撲取りだが、得意技が猫だましという弱い取的だった小六と違って、大五郎親分は大門という四股名でそれなりに鳴らした。強烈な張り手やさばおりなどの相撲の技は、いまでも折にふれて捕り物で悪党どもに見舞っている。

「何か分かったか」

剣豪与力が問うた。

「いや、いまのところは」

大五郎親分が首を横に振った。

「さっそくだが、小六、おまえは見廻りだ」

剣豪与力が言った。

「何かあたりがついたんですかい」

猫又の小六が訊いた。

「猫又」は相撲取りのときの四股名だ。

「左門が先に行っている。ここだ」

鬼長官が切絵図を手で示した。

「大名屋敷ですかい」

小六が少し顔をしかめた。

「溜屋がやられて、いちばん得になるのがここなのだ」

鬼長官が言った。

「いきなり忍びですかい？」

小六が問うた。

「いや、それはまだ早かろう」

剣豪与力が言った。

「外堀が埋まってからですな、陽之進どの」

鬼長官が言う。

いくらか年上だから、常に剣豪与力を立てている。

「そうだな。相手が相手だけに、うかつに動くわけにもいかぬ」

剣豪与力が腕組みをした。

「なら、ひとまず見廻りだけですな」

小六が心得て言った。

「左門と落ち合って、相談しながら廻ってくれ」

鬼長官が言う。

「頼むぞ」

剣豪与力がまなざしに力を込めた。

「合点で」

小六はいい声で答えた。

五

小六を見送ってほどなく、飯屋の江戸屋のほうから膳の出前が来た。

もっとも、出前というほど離れてはいない。料理人の修業中の吉平が倹飩箱で運んできた。

すでに師走に入っている。今日の膳は寒鮃の煮つけに具だくさんのけんちん汁だった。ともに冬場にはありがたい料理だ。

「相変わらずうまいっすね」

大五郎親分が満足げに言った。

「悪党が捕まったあとなら、もっとうまかろうが」

ややあいまいな顔つきで、剣豪与力が箸を動かした。

「うちの駕籠かきたちにも触れは出したんで」

甚太郎が言った。

「江戸屋の駕籠は動く番所みたいなものだからな」

と、与力。

「いや、そりゃ言い過ぎで」

江戸屋のあるじが苦笑いを浮かべた。

「いずれにせよ、悪党どもが味を占めてまた悪さをせねばよいのですが」

鬼長官がそう言って、やや苦そうにけんちん汁を啜った。

「かどわかされた娘のゆくえも追わねば」

剣豪与力の目に光が宿った。

「ほんとにひどいことを」

駕籠屋のおかみのおふさが眉根を寄せる。

「平次とも相談し、大店が多い町はことに見廻りを強めることにした。しっかり網を張らねばな」

剣豪与力はそう言うと、隠し味の生姜が効いた寒鮃の煮つけを胃の腑に落とした。

「気張ってくださいまし」

あるじの甚太郎が言う。

「おう」

剣豪与力が気の入った声で答えた。

六

次の晩——。

駕籠の提灯が揺れていた。

はあん、ほう……

はあん、ほう……

先棒と後棒が調子を合わせて駕籠を担いでいく。

ただし、空駕籠だ。

京橋へ客を運び、遅く帰るところだった。

「遅くなっちまったな」

先棒が言った。

江戸屋の跡取り息子の松太郎だ。

「なかなか腰が上がらねえんで、まいっちまったな」

後棒の泰平が答えた。

「すっかりできあがっちまったからよ、ご隠居さん」

松太郎が苦笑いを浮かべた。

京橋の木綿問屋の隠居を、手筈どおり根津の鰻屋まで迎えに行った。ところが、隠居がすっかりできあがってしまい、なかなか腰が上がらない。往生したが、鰻屋の助けも得てようやく駕籠に乗せた。

見世に着いたものの、今度は寝入ってしまって起きてくれない。やむなく見世の者を起こし、ようやく隠居を奥へ運び入れてもらった。それやこれやで、すっかり遅くなってしまった。

「これだけ夜が更けたら、ちょっとおっかねえな」

と、泰平。

「呼子(よびこ)は持ってるからよ」

空駕籠を担ぎながら、松太郎が言った。

日中は繁華(はんか)な日本橋の界隈(かいわい)には人通りがなかった。屋台の提灯の灯りもない。

夜鳥(よどり)が鳴いている。

その声がことに不気味に思われたとき、だしぬけに悲鳴が響いてきた。

だれかっ！

押し込みだ。

声も響く。

「いけねえっ」

泰平が叫んだ。

松太郎は足を止め、ふところから呼子を取り出した。

「早く吹け」

空駕籠を置いた泰平がうながした。

松太郎がそれに応えた。

急を告げる呼子の音が響きわたる。

「押し込みだっ」

「だれかっ」

さらに叫ぶ。

松太郎は重ねて呼子を吹いた。


逃げろっ。

感づかれたぞ。


遠くで声が響いた。

押し込みを終えた悪党どもだ。

動きがあった。

提灯が近づいてくる。

「どうした」

「夜廻りだ」

わらわらと駆け寄ってきたのは、夜廻りの火消し衆だった。

「悲鳴が響いた。『押し込みだ』って言ってた」

松太郎が伝えた。

「番屋に知らせを」

泰平が身ぶりをまじえた。

「おう」

「おいらが行きまさ」

火消しの一人がすぐさま走りだした。

こうして、ばたばたと場が動いた。

だが……。

押し込みをやらかした悪党どもがお縄になることはなかった。

遅まきながら捕り方が駆けつけたときには、もうすべてが終わっていた。

悪党どもは闇に消えた。

第二章　悪党のねぐら

一

二度目の押し込みに遭ったのは、日本橋通一丁目の水油問屋、大黒屋吉右衛門だった。

最初に難に遭った溜屋と同じく、なかなかに手広いあきないぶりで、得意先には大名家も含まれていた。大口の得意先が手元不如意の際は、多額の金を貸すこともあったらしい。

「ますます臭ってきたな」

渋い表情で、剣豪与力が言った。

「ことによると、町方には手に負えない敵かもしれません」

藤林竜太郎同心の眉間にしわが浮かんだ。

松川町の江戸屋の奥だ。駕籠屋のあるじの甚太郎と跡取り息子の松太郎もいる。

「たとえ町方に手が負えずとも、おれだけは違うからな」

剣豪与力が言った。

「さようでした。相済みません」

藤林同心は頭を下げた。

影御用についてはすでに伝えてある。藤林同心も遣い手だが、剣豪与力の留守を預かる役どころだ。

「このたびも人死にが出ちまったそうで」

甚太郎が気の毒そうに言った。

「気の毒にな。ただ……」

剣豪与力は湯呑みの茶を啜ってから続けた。

「こちらの跡取りがすぐ呼子を吹いて、夜廻りの火消し衆が急いで駆けつけてくれたおかげで、溜屋よりは被害が少なくてすんだ。かどわかしもなかったのは不幸中の幸いだ」

「もう必死だったんで」

松太郎が言った。

「役には立ったわね」

おかみのおふさが言う。

「悪党が捕まってりゃ、言うことなかったんだが」

甚太郎はあごに手をやった。

「そのあたりは、平次にもつないであるからな」

剣豪与力が言った。

鬼長官、長谷川平次のことだ。

「探りも入っていますから」

いくぶん声を落として、藤林同心が言った。

「小六と左門がかねて動いてくれていた。このたびも同じ咎人だとすれば、そろそろ網が絞れるはずだ」

剣豪与力の言葉に力がこもった。

そのとき、表で人の気配がした。

ほどなく姿を現したのは、ちょうどいま話に出ていた面々だった。

二

鬼長官の長谷川平次、その配下の元隠密の中堂左門、それに、剣豪与力につながる猫又の小六もいた。

「出前を取って相談をするか。それとも、飯屋で打ち合わせをするか」

剣豪与力が一同に問うた。

「すぐそこですから、出前を取るまでもないでしょう」

鬼長官が言った。

「声を落としてしゃべれば」

小六がおのれの口を指さした。

「そうだな。なら、さっそく行こう」

剣豪与力が真っ先に動いた。

飯屋の座敷が空いていた。ちょうどいくたりか出たところらしい。

「いま片づけますので」

おかみのおはなが口早に言った。

「すまぬな」

月崎与力が軽く片手を挙げた。

「今日の膳は何だ」

長谷川長官がたずねた。

「牡蠣飯にけんちん汁、それに朝獲れの魚の刺身で」

厨からあるじの仁次郎が答えた。

「そりゃうまそうだ」

小六が笑みを浮かべた。

座敷が片づいた。奥のほうでは駕籠かきが箸を動かしているが、腹ごしらえが終わったらすぐ出ていきそうな感じだ。

「で、何かつかんだか」

剣豪与力が小六に問うた。

「左門さまと一緒に嗅ぎまわってましたんで」

小六は鼻に手をやった。

元隠密がうなずく。

相変わらず、にこりともせぬ男だ。

「このたびの大黒屋にも借財があったようです」

左門が伝えた。

「上屋敷には怪しい駕籠が出入りしてましたぜ」

小六が声を落として伝えた。

「ますます臭ってきたな」

剣豪与力が眉間にしわを寄せた。

「あるじの大名は参勤交代でいまは国元におりますが、江戸にはいたって近いので」

鬼長官が謎をかけるように言った。

ここで膳が来た。

腹ごしらえをしながら話を続ける。

「国元からお忍びで来て、手下とともに借財のある大店へ押し込み、狼藉のかぎりを尽くしてまた国元へ帰る。そんな大名がいるとは、にわかには信じがたいが」

月崎与力は慎重に言うと、牡蠣飯を胃の腑に落とした。

「昨今は、昔なら考えられなかった悪党が出たりしますゆえ」

鬼長官も牡蠣飯を口に運ぶ。

「嫌な世の中になったもんで」

半ば独りごちるように小六が言った。

左門がうなずき、刺身を口中に運んだ。口数は少ないが食欲はある。

「もし本当だとすれば、われらが成敗せねばな」

剣豪与力はそう言うと、今度は具だくさんのけんちん汁を啜った。

胡麻油の香りが食欲をそそる、江戸屋自慢の汁だ。

「われらも総力を挙げて成敗に臨みましょう」

鬼長官の声に力がこもった。

三

飯屋で腹ごしらえを終えた一同は駕籠屋に戻った。

江戸の切絵図ばかりでなく、さほど大きくはないが関八州の図も広げられていた。めったにないことだが、遠方まで早駕籠をという頼みもある。そのときのために周到に備えてある図だ。

「まずはこちらのほうだな」

剣豪与力が江戸の切絵図を指さした。

「小なりとはいえ、上屋敷は大川端に近く、二つの押し込みの場所へも夜陰に乗ずればすぐのところです」

鬼長官が切絵図のある場所を手で示した。

藩の名がこう記されていた。

下総黒池藩

「一万石の小大名らしい構えだな」

剣豪与力が言った。

「大身の旗本のほうがいい屋敷に住んでいたりしますからな」

駕籠屋のあるじの甚太郎が言う。

「さりながら、家柄はなかなかのもののようです」

と、鬼長官。

「下総黒池まではこの街道筋か」

剣豪与力が関八州の地図を指さした。

「少数精鋭で進めば、江戸までは存外に近いです」

元隠密の左門が伝えた。

「表向きは参勤交代で国元へ帰っていることにして、ひそかに江戸へ戻り、藩の借財を棒引きにすべく押し込みを繰り返していたとすれば、前代未聞の悪党です」

鬼長官が苦々しい顔つきで言った。

「かどわかしもやっております」

藤林同心が厳しい顔つきで言った。

「で、その上屋敷に怪しい駕籠が出入りしてたようで」

小六が言った。

「屋敷のほかにねぐらを構えているかもしれぬな」

剣豪与力が腕組みをした。

じっと江戸の切絵図を見る。

「上屋敷にずっと滞在するわけにはいきませんからね」

と、鬼長官。

「とにかく、見張りを続けて、ねぐらを突き止めることだな」

剣豪与力は腕組みを解くと、切絵図の下総黒池藩の上屋敷に記されている藩主の名を苦々しげに指でとんとたたいた。

こう記されていた。


圷若狭守(あくつわかさのかみ) 時敬(ときたか)

四

「下総黒池藩にはまだ行ったことがないため、くわしいことは分かりかねますが、仄聞(そくぶん)するかぎりでは、人を人とも思わぬ高慢な人物のようです」

元隠密でいまも公儀とつながる中堂左門が言った。

「歳はいくつくらいか」

剣豪与力がたずねた。

「三十代の半ばかと」

左門は答えた。

「諸国から武芸者やならず者などを集めているというよからぬうわさも」

鬼長官が厳しい顔つきで言った。

「そこから選りすぐった盗賊が江戸へ来て、ひと仕事してるとしたら、こりゃあええこって」

小六が顔をしかめた。

「とにかく、ねぐらを突き止めることだな。下総黒池藩へ引き上げる前に、もうひと仕事するかもしれぬ」

剣豪与力の言葉に力がこもった。

「なら、うちの駕籠にも触れを出しておきましょう」

甚太郎が請け合った。

そんな相談をしているとき、ちょうどいい具合に松太郎の駕籠が帰ってきた。相棒は泰平だ。

さっそくねぐら探しの件を伝える。

「なら、稼ぎにはならねえけど、上屋敷の周りを流すようにしまさ」

松太郎が言った。

「そうしてくれ。稼ぎにならねえのは仕方がねえ」

甚太郎が跡取り息子に言った。

「ただ、むやみに江戸屋の駕籠ばかり探りに出たらかえって怪しまれるな」

剣豪与力が言った。

「過ぎたるはなお及ばざるがごとしですね」

鬼長官も言う。

「おいらと左門さまも動くので、あと一挺くらいでようございましょう」

小六が言った。

「そうだな、押し込みのときは呼子を吹いてもらったが、今度は敵に気取られないようにねぐらを探るのが肝要だ」

剣豪与力の顔つきが引き締まった。

「怪しいところがないか、しらみつぶしに当たってくれ」

鬼長官も厳しい表情で言った。

「合点で」

松太郎が力こぶをつくる。

「任せてくだせえ」

泰平もいい声を響かせた。

五

はあん、ほう……

はあん、ほう……

掛け声を発しながら、駕籠が進む。

さりながら、江戸の駕籠屋らしい威勢は感じられなかった。

無理もない。

江戸屋の松太郎と泰平が運んでいるのは空駕籠だし、どうあっても客を見つけて乗せねばならないわけでもなかった。

「べつに門番はいねえんだな」

一緒に進んでいた小六が言った。

「動きもねえっすね」

先棒の松太郎が首をかしげる。

「ねぐらがあるとすりゃ、いくらか離れたとこでしょう」

後棒の泰平が答えた。

「なら、流していこう」

伴走の下っ引きが太腿をぽんと手でたたいた。

「へい」

「夜はまだこれからなんで」

駕籠かきたちが答えた。

大川端に近い下総黒池藩の上屋敷の周囲には、他藩の下屋敷や武家の屋敷が櫛比していた。ねぐらがあるとすれば、いくらか離れた町場だろう。

江戸屋の駕籠は薬研堀のほうへ進んだ。

米沢町からは町場だ。一丁目には薬種商が多く、名の通った見世もいくつかあるが、夜はいたって寂しいたたずまいだ。


はあん、ほう……

はあん、ほう……


江戸屋の駕籠が進む。

角を曲がったところで、向こうから影が近づいてきた。

「おっ、何でえ」

小六が身構える。

「わたしで」

声が響いた。

すべるように近づき、姿を現したのは、元隠密の中堂左門だった。

「おどかさないでくだせえ」

足を止めた松太郎が言った。

「知らせが」

左門は短く言った。

「何の知らせです？」

小六が問う。

「横山同朋町（よこやまどうぼうちょう）の外れに、見世じまいをした旅籠（はたご）がある。そこから人の声が聞こえた、娘が助けを求める声を聞いたという話が」

元隠密が伝えた。

「ここからすぐですね」

泰平が言う。

「なら、案内を」

小六が左門に言った。

「武家地を突っ切ればすぐで」

左門が手で示した。

「なら、行きましょうや」

松太郎が言った。

「掛け声はなしで」

泰平が和す。

「おう」

江戸屋の駕籠が動きだした。

六

しばらくはみな無言で進んだ。

米沢町から武家地を抜けると、またすぐ町場になった。

横山同朋町だ。

左門が前へ進み、大きな身ぶりをした。

こっちだ、と伝える。

小六と駕籠が続く。

ほどなく、旅籠の前に出た。

看板は出ていない。灯りもない。

「裏へ」

左門が短く告げた。

「置くぜ」

松太郎が言う。

ほどなく駕籠が止まった。

駕籠を置き、松太郎と泰平が続く。

左門と小六、それに二人の駕籠かきは裏手から旅籠に入った。

存外に広い構えだ。

人の気配はない。

しかし……。

忍びの心得のある者たちは見逃さなかった。

「気が残っている」

左門が言った。

「こっちで」

小六が指さした。

広間があった。

駕籠かきたちが提灯（ちょうちん）で照らす。

「酒徳利が残ってるぜ」

松太郎が言った。

「ここで呑み食いしてやがったんだな。茶碗もある」

泰平も言う。

「切絵図だ」

小六が気づいた。

座敷の隅に、江戸の切絵図が置かれていた。

「急いで逃げたらしい」

左門が言った。

「ここがねぐらで間違いねえや」

と、小六。

「ただ、もう戻ってはこねえかも」

松太郎が首をひねった。

「周りを探られていることを察知して、いち早く逃げたようだ」

元隠密が苦々しい顔つきで言った。

悪党どものねぐらは分かった。

さりながら、踏みこんだときはもぬけの殻だった。

悪党どもの探索は振り出しに戻った。

第三章　断崖の館

一

「とりゃっ」

剣豪与力が鋭く踏みこんだ。

「ぬんっ」

鬼長官が受ける。

自彊館での稽古は佳境を迎えていた。

「せいっ」

奥のほうでは、次の道場主になる二ツ木伝三郎が門人に稽古をつけていた。

「てやっ」

望地数馬もいる。

松川町の道場は活気にあふれていた。

「とりゃっ」

剣豪与力は再び踏みこんだ。

江戸の町で続けざまに押し込みが起きた。

かどわかしもあった。


言語道断の咎人なり。

このおれが許さぬ。


陽月流の遣い手は、ひき肌竹刀を握る手に力をこめた。

「とおっ」

鬼長官が正しく受ける。

その後しばらく、火の出るような稽古が続いた。

「これまで」

剣豪与力が先に声を発した。

余力は充分にあるが、そろそろ頃合いだ。

鬼長官が黙ってひき肌竹刀を納めた。

互いに一礼する。

門人たちの稽古も、きびすを接して終わった。

道場に張りつめていた気が、ようやく少しゆるんだ。

二

その後は駕籠屋で会談になった。

元隠密の左門と、もと猫又の小六もいる。

「ねぐらは突き止めたが、あいにくもぬけの殻だった」

剣豪与力が苦々しげに言った。

「下総黒池藩の上屋敷に見張りをつけましたが、戻った形跡はありませんでした」

鬼長官が江戸の切絵図を指さした。

「となれば、国元へ逃げたんですかい」

駕籠屋のあるじの甚太郎が言った。

「恐らくは」

剣豪与力は関八州の切絵図を手で示した。

下総黒池は味醂の産地の流山に近い。街道を走り、ひそかに用立てた船を用いて川を渡り、再び走れば一日で江戸に着く。

「国元にいるはずの藩主が、夜陰に乗じて江戸に入り、ひそかにねぐらを構えて、借財のある大店に押し込みを働き、娘をかどわかして国に戻る。大名の風上にもおけぬ悪党だな」

剣豪与力の言葉に力がこもった。

「大名どころか、武家の風上にもおけぬやつです」

鬼長官が吐き捨てるように言った。

「武家どころか、人でなしで」

小六もひと太刀浴びせた。

「で、段取りだが」

剣豪与力は一つ咳払いをしてから続けた。

「動かぬ証をつかみ、態勢が整えば、討伐隊を派遣するという構えがいいだろう。派遣と言っても、当地へ赴くのは闇成敗のおれだが」

月崎陽之進は渋く笑った。

「町方の与力は行けずとも、闇成敗なら」

鬼長官も言う。

「おぬしも行くか」

剣豪与力が問うた。

「役目があるゆえ即答はできませぬが、いざ大名討伐の命が下れば」

長谷川長官が慎重に答えた。

「とにもかくにも、証をつかまねばな」

剣豪与力が拳をつくった。

「それがしにお任せあれ」

左門が胸に手をやった。

「おいらも行きまさ」

小六も言う。

「おう、頼む」

と、与力。

「働いてくれ」

鬼長官も言った。

「あとは江戸で待つばかりですな」

甚太郎が言った。

「討伐隊を結成するのはそれからだ」

剣豪与力の声に力がこもった。

三

出発は火盗改方の役宅からだった。

鬼長官が気の入った声を発した。

「頼むぞ」

「はっ」

中堂左門が一礼した。

すでに旅装を整えている。江戸から黒装束で赴くわけにはいかないから、装束などは大きな嚢に入れてある。

「気張ってきますんで」

小六も続いた。

「では」

もと隠密と忍びの心得のある男は役宅を辞した。

まだ日は高い。

これから渡し舟を用いて川を渡り、街道筋を流山のほうへ走る。左門も小六も健脚ゆえ、夜には下総黒池藩に入ることができる。

あいにく途中で雨が降り出したが、二人は構わず先を急いだ。

川止めが案じられたが、どうにか渡し舟が出た。左門と小六は下総黒池藩へ続く街道に入った。

「ここまで来ればひと安心ですな」

小六が言った。

「藩に入ってからが勝負だ」

にこりともせず、左門が答える。

「備えは厳重なんですかい」

速足で歩きながら、小六が問う。

「むろん、城を構えるのは御法度（ごはっと）だが、下総黒池藩の藩邸は城と見まがうほどの構えだという話だ。小藩だが鉱山を持っているゆえ、財力はあるらしい」

元隠密がそう伝えた。

「なのに、借金を棒引きにするために大店に押し込んだりしたんですかい。とんでもねえ悪党で」

小六は吐き捨てるように言った。

「吝嗇だが欲だけ深いという評判だ。新吉原などでも蛇蝎のごとくに嫌われているらしい」

左門が言った。

「さもありなん、ですな」

小六が顔をしかめた。

その後しばらくは互いに無言で進んだ。

たまさかすれ違う者が目を瞠るほどの速さだ。

左門と小六は、夜のうちに下総黒池藩に入った。

四

藩主の屋敷は切り立った崖の上にあった。

館に至るまでには、長い坂と石段を上らねばならない。黒塗りの館はかぎりなく城に近いたたずまいで、領民たちを睥睨(へいげい)している。

坂と石段では、鍛錬に精を出す者たちの姿が折にふれて見える。藩士とおぼしい武士もいるが、行者のなりをした者や、山伏のいでたちの者もいる。えたいの知れない者たちは諸国から集まってきた。

腕に覚えのある者は下総黒池へ行け。

剣術ばかりではない。

人に抜きん出た一芸があれば、殿が召し抱えてくれる。

そんなうわさが伝わったために、諸国からわれこそはという者たちが集まってきたのだった。

吝嗇で鳴る圷(あくつ)若狭守時敬だが、おのれの楽しみのためには惜しみなく金を使った。諸国から精鋭を集めることもその一つだ。

下総黒池藩には鉱山がある。そこから得られる財を元手に、人や兵器をひそかに集めているという風聞は以前からあった。幕府にとってみれば由々(ゆゆ)しいことだ。

江戸での押し込みの件がなくとも、いずれ内偵をしてあわよくば藩の取りつぶしをという案は前から出されていた。

藩主自ら悪党どもを率い、借財のある大店に押し込みを働くとは言語道断、前代未聞の悪行だが、圷若狭守ならやりかねないというのが公儀の見方だ。

かくなるうえは、動かぬ証をつかみ、藩の取りつぶしに向かうべし。元隠密の左門はそんな密命も帯びていた。

下総黒池藩に入った左門と小六は、荒れ寺の軒下で一夜を過ごした。ともに忍びの心得がある。眠りの時は短くていい。

翌日は朝から藩内の見廻りをした。

旅のあきんどに身をやつし、おもだった通りを歩いて行き交う人々の声に耳を澄ます。

「江戸と違って、活気がないですな」

通りを歩きながら、小六が言った。

「たしかに」

左門が短く答える。

「ああ、あれか」

小六が気づいて指さした。

こんもりとした山の中腹に屋敷が見える。黒い塔のようなものも認められた。

あたりを威圧するような造りだ。

「かぎりなく城に近い構えだな」

左門が言った。

「門番も備えていそうで」

目を凝らしてから、小六が言う。

「裏山から入るのがよさそうだ」

左門はそう察しをつけた。

「なら、夜討ちですかい」

小六が声を落とした。

「夜陰に乗じて屋敷に忍びこみ、あわよくば藩主の部屋の天井裏へ」

左門も渋い声で言った。

「合点で」

小六が拳を握った。

かくして、段取りが決まった。

五

夜鳥が鳴いている。
まるで災いの前ぶれのような不気味な声だ。
夜は深い。
下総黒池藩の藩邸の裏手の森にはまったく人気がなかった。
わずかに月あかりがある。
天からだれかが偸み見ているかのような嫌な光だ。
「よし、行くぞ」
左門が低い声で言った。
「へい」
小六が短く答えた。
森の傾斜は厳しかった。道はない。
天然の要害だ。
雨が降ったばかりらしく、足元は悪かった。

滑る。
うかつに木を支えにしたら、身の重みで枝が折れる。
「うわっ」
小六が声をあげた。
ずるっと滑ってしまったのだ。
幸い、すぐ木の幹につかまれたが、下手（へた）をすると下まで滑落してしまう。
「気をつけろ」
左門が鋭く言った。
「へい」
小六はどうにか体勢を立て直した。
一歩ずつ、慎重に登る。
急ぐ必要はない。
まずは無事に屋敷へ忍びこむことが肝要だ。
崖を登る。
気が遠くなるほどの時がかかったが、ようやく視野が開けた。
上にたどり着いたのだ。

ふっ、と一つ小六は息をついた。

左門が身ぶりをまじえた。

館の影が見える。

かなり高い、あたりを睥睨する塔のごとき建物だ。

あそこへ忍びこむぞ。

左門は身ぶりでそう伝えた。

小六は腹をたたいておのれに気合を入れた。

六

館の絵図面などはない。

いままで培（つちか）ってきた経験と勘を頼りに、果断に忍びこむしかなかった。

夜は更けていたが、かすかに声が聞こえた。

「酒盛りか」

左門が小声で言った。

「おいらの耳にも」

小六が耳に手をやった。

「よし、行こう」

左門はすぐさま動いた。

「へい」

小六が続く。

忍び道具は江戸から携えてきている。羽目板を素早く外し、素早く天井裏へ忍びこむ。

深い闇のなかを、おのれの手の甲に足を乗せ、足音を立てぬようにしながら一歩ずつ慎重に進んでいく。

深草兎歩だ。

左門も小六も、この忍びの技を身につけていた。

忍びの耳は鋭い。

畳の上に針が落ちる音すら聞き分けることができる。

また声が響いた。

酒盛りが続いているらしい。

その声の芯のほうへ、左門と小六は一歩ずつ近づいていった。

そして……。

目指す部屋の真上に至った。

とん、と一つ、左門が小六の肩をたたいた。

言葉はなくても伝わる。

おれがやる。

左門はそう告げていた。

天井裏の節穴へ、元隠密はゆっくりと目を近づけていった。

瞬(まばた)きをする。

おぼろげだった視野が定まった。

七

「この藩が剣客を集めていると聞いたさかいに、わざわざ上方(かみがた)から来たんやけどな」

訛(なま)りのある男の声が聞こえた。

「まあ、稼ぎになってるさかいにええやないか」

べつの男が言う。

「稼ぎって、まさか盗賊まがいのことをやらされるとは思わなんだ」

「盗賊まがいやのうて、盗賊そのものやないか」

「たしかに」

そんな調子で酒盛りが続いていた。

天井裏からだと人相風体(ふうてい)はしかと見定められないが、頭数は七人だった。どうやら諸国から選(え)りすぐられた用心棒らしい。

「盗賊そのもので、そのかしらがほかならぬ殿だからな。そんな話は聞いたことがない」

べつの用心棒が半ばあきれたように言った。

「まあしかし、殿が外で暴れてくれるのは、われらにとっては幸いかもしれぬ」

「暇を持て余したら、『おまえら、斬(き)り合いせえ、御前試合や』とか言いだしかねへんさかいにな」

「難儀なお人や」

諸国から集められた男たちが口々に言った。

「人のことは言えないが、ろくな死に方はせぬだろう、あの殿は」

「まことに、悪が衣(ころも)をまとっているようなお人ゆえ」

「うまいことを言うな、おぬし」

　下から笑い声が響いてきた。

「押し込み先で奪うのは金だけではない。かどわかした娘らは、なかには後生(ごしょう)の悪いことになった者も」

「あきらめて殿の情婦になった者はまだええ。なかには舌を噛(か)んで死んだ娘もいたさかいにな」

「南無阿弥陀仏(なむあみだぶつ)、南無阿弥陀仏」

　用心棒の一人がお経を唱えた。

　それを聞いて、小六は思わず舌打ちをした。


　何て野郎だ。

　人じゃねえぞ。

　こんな外道(げどう)が藩主だとは、腹の虫が収まらねえ。


　だが……。

諸国から集められた用心棒のなかには、左門や小六と同じく、忍びの心得のある男もいた。

忍びはかすかな物音も聞き逃さない。

その尋常ならざる耳が、小六の舌打ちの音をとらえた。

「何やつ」

鋭い声が響いた。


しまった。

感づかれた。


天井裏の小六は蒼くなった。

次の刹那……。

槍が天井板を貫いた。

刃先が突き出す。

小六の顔すれすれのところだった。

間一髪だ。

「逃げろ」

左門が短く言った。

「へい」

小六が動く。

もはやこれまで。

逃げるしかない。

二人の逃走劇が始まった。

八

「であえ、であえ」

「くせ者だ」

下総黒池藩の屋敷で声が飛び交った。

小六は左門とともに必死に逃げた。しくじりを悔いているいとまはない。ここは一刻も早く危地を脱するしかない。

どこから忍びこんだか、からくも道筋が分かった。

天井裏から廊下に降り、さらに庭に出たところで追っ手が来た。

「いたぞ」

「捕らえよ」

声が響く。

一瞬の躊躇（ちゅうちょ）が命取りだ。

左門はふところから手裏剣（しゅりけん）を取り出し、次々に打った。

「ぎゃっ」

「ぐわっ」

追っ手がのけぞる。

「早く」

左門が急（せ）かせた。

「へい」

小六は塀のほうへ向かった。

素手でよじ登り、たちどころに乗り越える。まるで猿（ましら）のごとき動きだ。

左門も続いた。

密命を帯びた二人は、館の外へ逃げ出した。

しかし……。

追っ手は門を固めているはずだ。逃げられるところはかぎられている。

左門と小六はその方向へ走った。

阿吽の呼吸だ。

苦労して登ってきた崖を、今度は下るしかない。

「下りるぞ。夜が明ける前に藩を出る」

左門が口早に言った。

「承知で」

小六は肚をくくって答えた。

次の刹那――。

闇の中で灯りが動いた。

松明だ。

「いたぞ」

「逃すな」

胴間声が響きわたった。

左門が断崖へ身を躍らせた。

小六も続く。
下りる、下りる。
危うい崖を、おのれの身だけを頼りに下りていく。
いくたびか滑り、擦り傷をつくった。
これくらいは致し方ない。足を折ったり、腱(けん)を切ったりしなければ御の字だ。
追っ手は来ない。
ややあって見上げると、はるか上方に松明の灯りが見えた。
下りる、下りる。
密命を帯びた者たちが必死に下りる。
やがて……。
地がふっと平らになった。
下までたどり着いたのだ。
小六はふっと息をついた。
「痛めてないか」
左門が問う。
「大丈夫で」

小六が答えた。

「よし、走るぞ」

左門は太腿をたたいた。

「合点で」

小六がいい声で答えた。

第四章　御前試合

一

「まったく、寿命が縮みましたぜ」

小六があいまいな顔つきで言った。

駕籠（かごや）屋のほうの江戸屋の奥の部屋だ。

「無事で何よりで」

おかみのおふさが言う。

「生きた心地がしませんでしたよ」

江戸へ戻ってきた小六が言った。

「おいらだったら、生きて帰れなかったな」

閂（かんぬき）の大五郎が言った。

「そもそも、その図体で忍びこむのは無理だろう」

剣豪与力が指さす。

「まったくで」

元怪力の相撲取りが言った。

「おっつけ平次らが来る。相談はそれからだが……」

剣豪与力は座敷に広げられているものを指さした。

絵図面が一枚増えていた。

忍びこんできた小六の話に基づいて、絵師に新たに描かせたものだ。下総黒池藩の崖沿い(がけぞ)いに建つ藩邸、難攻不落の城のごとき館のあらましが記されている。

「こりゃあ手強(てごわ)そうな館で」

絵図面を見ていた甚太郎が言った。

「おいらがしくじらなきゃ、もっとくわしい絵図面になったんですが」

小六が悔(くや)しそうに言った。

「仕方がない。無事に抜け出せただけで重畳(ちょうじょう)だ」

月崎与力が言った。

「へい。左門さまと一緒に、夜どおし走って藩を出たんで」

小六は腕を振るしぐさをした。

ここで人の気配がした。

ほどなく、鬼長官とその手下が姿を現した。

二

腹も減ったので、飯屋に場所を移して相談を続けることになった。

気のいい駕籠かきたちが席を譲ってくれたから座敷が空いた。一同は座敷に陣取った。

まずは腹ごしらえだ。

今日の膳は海老(えび)と野菜の天丼だった。これに具だくさんのけんちん汁と小鉢がつく。

「たれだけでもうめえや。箸(はし)が止まらねえ」

大五郎親分が小気味よく箸を動かした。

「生きて江戸へ戻れたからこそ食える味で」

危地を脱して戻ってきた小六がしみじみと言った。

いくらか離れたところにいた左門が無言でうなずいた。相変わらず口数の少ない男だ。

「ただ、江戸にいられるのもあと少しだぞ」

剣豪与力が言った。

「へい、分かってまさ。動かぬ証はつかんだので」

小六が拳をつくった。

「根回しも済んでおります」

鬼長官が引き締まった表情で言った。

「さすがは平次だ」

剣豪与力は満足げに言うと、海老野菜天丼を胃の腑に落とした。

「今度はおいらも行くんで」

大五郎親分が腕を撫した。

「ただ、あの崖を上るのは難儀ですぜ」

小六が首をかしげた。

「われらでも難儀だったので」

左門が小六を見た。

「親分が行くなら、正面からじゃねえと」

小六が言った。

「検分のため、下総黒池藩へ赴いたという大義名分に」

鬼長官が言った。

「江戸で続けざまに押し込みを行った悪党が当地へ逃げたという有力な知らせがあった。しかも、当藩の名を騙り、藩主がじきじきに悪党を率いているという看過しがたい風説をまき散らしている。これは由々しき事態ゆえ、公儀がひそかに結成した御用組が助っ人に来た……とまあ、そんな筋書きだな」

剣豪与力が鬼長官を見た。

「風説どころか、そのとおりですが」

長谷川平次が渋く笑う。

「大義名分さえあれば、堂々と正門から入っていける」

剣豪与力が言った。

「それなら、おいらでも平気で」

門の大五郎が腹を一つたたいた。

「では、機を見て討伐隊を」

鬼長官の表情が引き締まった。

「かどかわされた娘さんが自害したり、悪事にはきりがねえほどで。とっちめてやらねえと」

小六がそう言って、けんちん汁を啜った。

「正面からなら、こいつだな」

大五郎親分が張り手を見舞うしぐさをした。

「存分にやってくれ」

剣豪与力はそう言うと、天丼の残りを胃の腑に落とした。

三

その晩――。

下総黒池藩の館の一室に灯りがともっていた。

藩主の圷若狭守時敬が盃を傾けている。

ただし、尋常な盃ではない。人の頭蓋骨を割ってつくった髑髏盃だ。

「また江戸へ行きたくなってきたな」

圷若狭守がしゃがれた声で言った。

蛇を彷彿させる嫌な声だ。

「ここはご自重を、殿」

城代家老が頭を下げた。

堀越玄蕃だ。

藩の要職を長くつとめてきた家老の髷はかなり白くなっている。

「先だってのくせ者の件もありますので」

もう一人の男が言った。

目付の鷲津三郎太だ。

少壮で目つきの鋭い男だ。藩主の懐刀で、剣の遣い手としても知られている。

「やはり公儀の狗だと思うか、三郎太」

藩主が問うた。

白目が多い嫌な目つきだ。

「それは分かりませぬが、警戒するに若くはなかろうかと」

目付は慎重に答えた。

「返す返すも、無能な用心棒どもめ。天井裏へ忍びこんだくせ者をむざむざと取り逃がすとは」

吐き捨てるように言うと、坏若狭守は髑髏盃の酒をくいと呑み干した。

鷲津三郎太が小姓のようにすぐさま酒をつぐ。

「二度と過ちをするなとよく言っておきましたので」

城代家老が言った。

「江戸へ行けぬとならば、退屈だな。用心棒どもに真剣で戦わせるか」

藩主が思いつきを口にした。

民には苛斂誅求、江戸ばかりでなく、領地でも折にふれて娘のかどわかしを行っている。領民からは蛇蝎のごとくに忌み嫌われている藩主だ。

「せっかく諸国から集めた腕に覚えのある者たちですので」

堀越玄蕃がやんわりとたしなめた。

以前、正面切って藩主を諫めようとした重臣が藩主の勘気に触れて斬られてしまったことがある。同じしくじりをせぬように、奔馬をうまくなだめる呼吸で手綱を握っていた。

「またくせ者が侵入してくるやもしれません。兵を養い、備えをしておきませぬと」

目付も言葉を添えた。

「ふん」

圷若狭守は鼻を鳴らしたが、真剣で戦わせる思いつきに固執はしなかった。

さらに呑む。

「御前試合でしたら、催(もよお)してもよろしかろうと」

城代家老が慎重に言った。

「剣術の研鑽(けんさん)の一環ということで」

目付が一礼した。

「おれも出てよいな」

藩主は有無を言わせぬ口調で言った。

鎧(よろい)のごとき筋肉の男で、剣を執(と)っては家中で右に出る者がない腕前だ。

「殿の御心(みこころ)のままに」

いくらか芝居がかった口調で、城代家老が答えた。

かくして、話が決まった。

四

翌々日――。

下総黒池藩の藩邸の庭で、御前試合が行われた。

道着に身を包んだ用心棒たちが廊下に一列に端座している。

圷若狭守は見通しのいい場所に床几を据え、試合を見守る態勢になっていた。

「では、一組ずつ木刀をまじえてもらう」

目付の鷲津三郎太が言った。

「はっ」

二人の用心棒が立ち上がり、白砂を敷き詰めた庭へ進んだ。

ほどなく、木刀が触れ合う音が響きだした。

「とりゃっ」

「せいっ」

掛け声も放たれる。

さりながら、御前試合と銘打たれているものの、内実はかぎりなく型稽古に近

れない。

かった。木刀とはいえ、敵を斃してやろうという裂帛の気合はいささかも感じら

「何じゃ、その剣は。虫が止まるぞ」

藩主がじれたように言った。

「はっ」

返事だけは小気味いいが、その後も似たようななまぬるい稽古が続いた。

「やめっ。おのれらの剣は目が腐る」

圷若狭守が吐き捨てるように言った。

「次！」

目付が叫んだ。

「ははっ」

「それがしが」

二人の用心棒が前へ進み出る。

「木刀であっても、真剣勝負のつもりで臨め」

見守っていた城代家老の堀越玄蕃が言った。

「玄蕃の言うとおりだ。良き試合をした者には、ほうびを遣わす。逆に、だらけ

た剣を振るった者はわが藩から放逐する。さよう心得よ」

　藩主が厳しい口調で言った。

「はっ」

「心得ました」

　二人の用心棒は神妙な面持ちで一礼した。

　互いに目と目を見合わせる。

　目配せをする。

　そして、試合が始まった。

「とりゃっ」

　上背のあるほうが上段から木刀を振り下ろす。

「ぬんっ」

　がっしりした体格の用心棒がしっかりと受けた。

　そのままもみ合いになる。

　両者の体が離れる。

「食らえっ」

　木刀がまた振り下ろされた。

「小癪(こしゃく)な」

片方が受ける。

「おのれっ」

「来いっ」

「腰折れめ」

「言うたな」

「覚悟っ」

「おう」

そんな声だけを採(と)り上げれば、木刀ながらも気の入った勝負のように感じられた。

だが……。

圷若狭守には見抜かれていた。

「何じゃ、その猿芝居は」

藩主が不快そうに言った。

「はっ」

二人の用心棒がおびえた顔つきで動きを止めた。

「おれの目は節穴ではないぞ。だれがそんな猿芝居を見たいと言った」

藩主の顔が怒りで朱に染まった。

「ははっ」

用心棒たちが顔を見合わせる。

「ええい、どいつもこいつも」

圷若狭守はぬっと立ち上がると、のしのしと進んで木刀を握った。

「おれが相手をしてやる。本気でかかってこい」

下総黒池藩主が木刀をかざした。

五

「名を名乗れ」

圷若狭守は上背のある剣士に言った。

「そ、それがしは坂東大膳(ばんどうだいぜん)でござる。一刀流を学んでおりまする」

剣士は緊張ぎみに答えた。

「一刀流か。ならば、かかってこい」

藩主は挑発するように木刀を下げた。

ここで引くわけにはいかない。

坂東大膳は肚をくったように前へ踏みこんだ。

「きえーい」

化鳥のごとき掛け声を発し、木刀を振り下ろす。

「とりゃっ」

藩主が鋭く撥ね上げた。

そのまま押し返す。

上背のある坂東大膳だが、力に圧されて少しずつ下がっていった。

ほかの用心棒たちは固唾を呑んで見守っていた。なにぶん気まぐれな藩主だ。

いきなりの指名を受けたら、嫌でも戦わねばならない。

両者の体が離れた。

「打ってこい」

圷若狭守が両手をだらりと下げた。

隙だらけのようだが、眼光が鋭い。

殺気も発せられている。

見えない鎖に縛められてしまったかのようで、前へ踏み出すことができなかった。

「臆したか、腰抜け」

藩主が侮るように言った。

「攻めよ」

城代家老が短くうながす。

「はっ」

坂東大膳は意を決して打ちこんだ。

だが……。

魂のこもっていない木刀は、いともたやすく打ち払われた。

「手本を見せてやる」

盗賊のかしらでもある藩主は、木刀を大上段に構えた。

「とりゃっ」

踏みこんで、振り抜く。

「ぐっ」

坂東大膳はどうにか受けた。

ただし、腕から肩、さらに脳天に至るまでしびれが走った。

動きが止まる。

「とりゃっ、とりゃっ」

圷若狭守はかさにかかって攻めたてた。

必死に受けていた坂東大膳だが、限界が来た。

わずかに足を滑らせたところを、藩主の木刀が襲った。

がんっ、と鈍い音が響く。

坂東大膳は白目をむいた。

そして、へなへなとその場にくずおれていった。

六

気を失った剣士には水がかぶせられた。

やっと息を吹き返したが、脳天をしたたかに打たれ、歩くことも容易ではなさそうだ。

「うぬらには馬鹿にならぬ金子(きんす)を払っておる。それに見合わぬ腰抜けはただちに追い出すから覚悟せよ」

下総黒池藩主が不快そうに言った。

用心棒たちは固まったままだ。張りつめた気が漂う。

「御前試合だ。よく戦った者にはほうびが出るぞ」

城代家老が言った。

「われと思わん者は前へ進み出よ」

目付も声をあげる。

しかし……。

すぐさま進み出る者はいなかった。

無理もない。

坂東大膳はまだ半病人のようなありさまだ。次はわが身かもしれない。

「臆したか、腰抜けども」

藩主が吐き捨てるように言った。

「ほうびはいらぬか」

城代家老が押す。

「それがしが」

やっと手が挙がった。

用心棒たちが驚いたように見る。

いま手を挙げたのが、尋常な剣士ではなかったからだ。

「大丈夫か」

「打ち殺されるぞ」

用心棒たちが小声で言う。

「よし。名乗れ」

藩主がうながした。

「それがしは踊り剣法、渡一念（わたりいちねん）と申す。いざ」

ひょろっとした剣士が木刀を構えた。

しかし……。

そこからの動きは尋常ではなかった。

ぐにゃっと腰を折り、足を動かす。

尋常な足運びではない。

まるで蛸（たこ）が踊っているかのようだ。

ハァー、踊り剣法
とくと御覧じろ
見たが最後で、目が腐る

戯れ唄も唄いながら身をくねらせる。

奇想天外な剣法だ。

「何じゃうぬは」

藩主の顔が朱に染まった。

激怒するまでがいたって短い男だ。

「一撃で仕留めてくれよう」

圷若狭守は木刀を振りかぶった。

ハァー、踊り剣法
侮るなかれ
四方八方　腕が出る
とりゃっ！

掛け声を発すると、渡一念は木刀を突き上げた。

「うっ」

藩主が間一髪でかわした。

死角になるところから鋭く突き上げられてきた木刀は、圷若狭守の脚をかすめた。

だが……。

外道な剣法だが、存外に侮れない。

踊り剣法は藩主の怒りに火を注いだ。

「おのれっ。目にものを見せてくれよう。覚悟っ！」

圷若狭守は木刀を振り下ろした。

膂力にあふれた一撃だ。

どうにか受けたが、藩主は攻めの手をゆるめなかった。

「てやっ、てやっ」

続けざまに木刀を振り下ろす。

「ぐわっ」

渡一念がのけぞった。

藩主の木刀が脳天をとらえたのだ。

「それまで」

目付がさっと右手を挙げた。

しかし、圷若狭守の動きは止まらなかった。

「小癪な。思い知れ」

さらに木刀を振り下ろす。

がんっ、と鈍い音が響いた。

「殿っ」

城代家老が腰を浮かせた。

ほかの用心棒たちにも動揺が走る。

だが、一度火がついてしまった藩主を止められる者はいなかった。

「死ねっ、死ねっ」

邪悪な木刀が振り下ろされる。

渡一念の頭が打ち割られた。

血が噴き出し、四肢が痙攣（けいれん）する。

「思い知れっ！」

圷若狭守はとどめの一撃を放った。

面妖な踊り剣法の遣い手は、大きく身をふるわせてから絶命した。

第五章　討伐隊、動く

一

「とりゃっ」

気合の入った声が放たれた。

声の主は剣豪与力だ。

自彊館（じきょうかん）でいまひき肌竹刀（はだしない）を振り下ろしたところだ。

「ぬんっ」

受け手の声が響く。

鬼長官だ。

多忙な身だが、今日は道場に足を運んだ。

むろん、稽古（けいこ）だけではない。このあと、打ち合わせがある。

「ていっ」

「せいっ」

奥では二ツ木伝三郎と望地数馬がひき肌竹刀をまじえている。

こちらも気の入った稽古だ。

剣豪与力は間合いを図った。

いままで数々の修羅場をくぐってきたが、次は最大の山場になるやもしれぬ。

悪を一掃し、勝ちを収めるためには、よほど気を引き締めてかからねば。

「とりゃっ」

先に鬼長官が打ちこんできた。

剣豪与力が受ける。

ずしっと重い手ごたえがあった。

魂が乗った剣筋だ。

平次も気が入っている。

それでよい。

「てやっ」

陽月流の遣い手が押し返す。

間合いを取り、また打ちこんでいく。

凜冽の気がほとばしる稽古は、なおしばらく続いた。

二

稽古を終えた剣豪与力と鬼長官は、いつものように飯屋のほうの江戸屋に顔を見せた。

このあと、駕籠屋で打ち合わせがある。まずはその前に腹ごしらえだ。

いつのまにか木枯らしが吹きはじめ、師走に入った。あたたかいものが恋しくなる季節だ。

今日の膳は味噌煮込みうどんと茶飯だった。煮込みうどんには大ぶりの海老天も入っている。

「海老がぷりぷりだな」

月崎与力が笑みを浮かべた。

「うどんもしっかりこしが残っております」

長谷川長官の箸も動く。

「三河の味噌だからこくがある。椎茸に蒲鉾に油揚げ、脇にも役者ぞろいだ」

剣豪与力はそう言って、また小気味よく箸を動かした。

「向こうへ行ったら、しばらくこういうものは食べられませんからね」

鬼長官が言った。

「物見遊山に行くわけではないからな」

剣豪与力の表情が引き締まった。

「このたびの遠征は異例ずくめですが」

鬼長官が声を落とした。

「やむをえまい。敵が異例ゆえ」

剣豪与力が答えた。

「異例と言うより、異形でしょうか」

鬼長官はそう言うと、今度は茶飯を胃の腑に落とした。

「いっそのこと、異類かもしれぬ」

剣豪与力は顔をしかめた。

ここで十手持ちと下っ引きがあわただしく入ってきた。

「おっ、まだ飯ですかい」

大五郎親分が言う。

「おいらたちは食ってきたんで」

小六がおかみに向かって軽く右手を挙げた。

「なら、食い次第、駕籠屋で」

剣豪与力が言った。

「承知で」

「待ってまさ」

大五郎と小六の声がそろった。

三

駕籠屋では、あるじの甚太郎のほかに中堂左門も待っていた。ややあって、食事を終えた剣豪与力と鬼長官が姿を現した。これで役者がそろった。

部屋には関八州と下総黒池藩の絵図面が広げられている。

「おれは町方の与力、平次は火盗改方の長官、通常なら江戸を離れて悪党退治に乗り出すことはない」

剣豪与力が言った。

「このたびは、下総黒池藩の藩主が自ら悪党を率い、借財のある見世に押しこんで狼藉を働いた。前代未聞の由々しき出来事だ。このまま手をこまねいているわけにはいかぬ」

鬼長官が引き締まった顔つきで言った。

「すでに根回しは終わっている。藩主の面汚しとも言うべき圷若狭守を追討することは上意となった。悪しき藩主が討伐されたあとは、藩はお取りつぶしとなるだろう」

剣豪与力が拳をつくった。

「これで民も喜びまさ」

小六が言う。

「そりゃまだ早えぜ」

閂の大五郎がすかさず言った。

「へえ、これからの働き次第で」

小六の表情が引き締まった。

「代官所からの兵も充分に集まりそうだ。敵の館が難攻不落で、諸国から用心棒を集めていても、むろん討伐はできる。いや、討伐せねばならぬ」

剣豪与力の言葉に力がこもった。

「討伐隊は正面から討っていくんですかい？」

大五郎親分が問うた。

「今度は忍び仕事じゃねえんで、親分」

小六が言った。

「そのとおりだ」

剣豪与力は茶でのどをうるおしてから続けた。

「義はわれらにあり」

剣豪与力はよく張った胸をたたいた。

「正々堂々、表門から開門を迫り、藩主と面会し、裏の顔に関する疑念について問いただすつもりだ」

それを聞いて、大五郎親分がほっとしたような顔つきになった。

正面からの戦いなら得意だが、なにぶん堂々たる偉丈夫（いじょうふ）ゆえ、忍び仕事のようなものはまったく向かない。

「こちらも精鋭を引き連れて討伐隊に加わるつもりです」

鬼長官が言った。

「選(え)りすぐりの精鋭ばかりですな」

甚太郎がうなずいた。

あとは出陣の段取りになった。

討伐隊は鬼長官の役宅から出る。代官所の兵は、行軍が進むにつれて増えていく。

そのあたりの段取りが入念に打ち合わせられた。

「あとは前へ進むのみ」

剣豪与力が拳を握った。

「悪を一掃しましょう」

鬼長官の声に力がこもった。

四

篝火（かがりび）が焚（た）かれている。

未明の火盗改方の役宅だ。

火盗改方の精鋭ばかりではない。町方もいる。十手持ちとその子分もいる。

「機は熟した」

凜とした声が響いた。

声の主は、鬼長官だ。

「悪逆非道の下総黒池藩主を誅（ちゅう）するため、異例にも討伐隊を率いて出陣する。江戸の留守を頼むぞ」

陣羽織をまとった火盗改方の長官がよく通る声で言った。

「はっ」

火盗改方の配下が答える。

「では、参るか」

剣豪与力が言った。

討伐隊に向かって、剣豪与力が言った。

「粛々(しゅくしゅく)と進め」

鬼長官が答えた。

「行きましょう」

「合点で」

門の大五郎が腹をぽんと一つたたいた。

「いよいよで」

猫又の小六も引き締まった表情で言う。

討伐隊は動きはじめた。元隠密の中堂左門の顔もある。

先頭の兵は旗指物(はたさしもの)をかざしながら進んでいた。

やがて朝日が差し、その旗を照らした。

紋所(もんどころ)が光る。

それは、葵(あおい)の御紋だった。

五

討伐隊の人数は徐々に増えていった。

代官所の精鋭が加わる。

下総黒池藩に近づくころには、討伐隊らしい恰幅（かっぷく）が備わってきた。

その動きを、ひそかに見張っている者がいた。

眼光の鋭い者は、討伐隊の動きをひとわたり注視すると、派遣されてきた場所へ戻った。

難攻不落の城を彷彿（ほうふつ）させる崖（がけ）沿いの館だ。

知らせを聞いた下総黒池藩主の表情が変わった。

「討伐隊だと？」

圷若狭守の顔が怒りで朱（あか）く染まった。

「はい。急ぎ戻ってきた見張りの話によると、まことにもって由々しき事態で」

目付の鷲津三郎太が厳しい表情で言った。

「葵の御紋の旗を押し立てているということで、これはもう、由々しき事態を通り越していようかと」

城代家老の堀越玄蕃の顔色は芳しくなかった。

「わが藩は公儀の敵となってしまいました」

目付の顔には恐怖の色が浮かんでいた。

「返り討ちにすればよい」

下総黒池藩主はそう言って、おのれのひざをばしっとたたいた。

「それはもはやわが藩存亡の危機で」

家老の顔には憂色が濃かった。

「愚か者っ」

坏若狭守の声に怒気がこもった。

「同じ存亡の危機なら、公儀の存亡の危機にしてしまえばいい。葵の御紋の御旗を騙り、討伐隊と称するは、天下の大罪ぞ。逆に討伐だ。用心棒どもを率い、館を出て迎え撃って皆殺しだ」

下総黒池藩主の声がひときわ高くなった。

「畏れながら……」

目付がちらりと家老の顔を見てから続けた。

「わが館は崖沿いに建つ難攻不落の城のごときもの。館を出て戦うのは得策ではあるまいと」

鷲津三郎太は藩主の顔色を見ながら言った。

「恭順するふりをして、油断をした隙に討つという手もありまする」

堀越玄蕃が和した。

藩主を正面から諫めようとして落命に至った重臣は過去にいくたりもいる。まずは機嫌を取りながら、少しでも手綱を締めようとしていた。

「いったんは招き入れるわけだな」

藩主が訊いた。

「そのとおりです。それから、畏れ多くも葵の御紋の御旗を用い、公儀の名を騙った賊を討ち果たしたということにすれば」

堀越玄蕃が少し引き攣った顔つきで言った。

目付が何か言いかけてやめた。

下総黒池藩にとってみれば、行くも地獄、退くも地獄だ。

「なるほど、公儀の名を騙った賊か。面白い。それで進めよ」

坏若狭守は嫌な笑みを浮かべた。

「はっ」

「承知いたしました」

城代家老と目付の声がそろった。

六

「あれだな」

剣豪与力が行く手を指さした。

山肌にへばりつくように、館が見える。

下総黒池藩の藩邸だ。

「裏手は剣呑(けんのん)な崖になってるんで」

前に忍び仕事をしている小六が言った。

「このたびは、正々堂々と正面からだ」

たしかな足取りで、剣豪与力が言った。

「嫌な雲がかかっているな」

鬼長官が随行している左門に言った。

「ただならぬ瘴気を感じます」

元隠密が顔をしかめた。

この男、忍び仕事ばかりでなく、気の流れを読むこともできる。

葵の御紋の御旗をかざした討伐隊は、一歩ずつ藩邸へ近づいていった。

下総黒池藩では最も繁華な町を通り、あたりを睥睨する城のごとき館へ向かう。

葵の御紋の御旗はいやでも目立つ。

「ひえー、目がつぶれるずら」

「なんまいだぶ、なんまいだぶ」

なかには両手を合わせて拝む民もいた。

坂を上ると、厳めしい門が行く手を阻んだ。

「何用だ」

「名を名乗れ」

槍を構えた二人の兵が誰何する。

「われこそは火付盗賊改方長官、長谷川平次なり」

鬼長官がよく通る声で言った。

剣豪与力は脇に控えていた。このたびは影御用ゆえ、町方の与力であるとは名乗らない。明らかに縄張りを逸脱しているから、名乗れば不審がられるだけだ。

「江戸にて続けざまに押し込みを働きし狼藉者が当藩に逃げこんだという知らせを受け、討伐に参った。門を開けよ」

鬼長官が言った。

二人の藩兵の後ろから、一人の武家が姿を現した。

城代家老の堀越玄蕃だ。

「狼藉者を討伐と申すか」

家老は厳しい表情で問うた。

「いかにも。これは風説と思われるが、その狼藉者の首領は、当家のあるじ、すなわち、下総黒池藩主であると申し立てる者もいたゆえ、念のために改めにまいった。門を開けよ」

鬼長官の声に力がこもった。

ここでもう一人の武家が現れた。

目付の鷲津三郎太だ。

「お役目大儀にござる。それがしは目付の鷲津三郎太と申す」

目付は軽く頭を下げ、家老のほうを手で示した。

「城代家老の堀越玄蕃なり」

家老も名乗る。

「さりながら、いぶかしきはその旗でござる。なにゆえに、火盗改方がさような物々しき旗をかざされているか」

目付が葵の御紋の旗を指さした。

「万が一、当藩の藩主が盗賊の首領で、江戸へ出張っては狼藉を繰り返していたのだとすれば、これはまさに前代未聞、公儀の屋台骨をも揺るがしかねぬ一大事なり。ゆえに、葵の御紋の御旗をかざしての行軍と相成った。諒とせられよ」

剣豪与力が前へ進み出て言った。

「そこもとは？」

家老がうさんくさげに見た。

「正史にあらぬ影御用、名は月崎陽之進とのみ」

剣豪与力は名乗った。

「ほほう、影御用と」

目付が値踏みするように見た。

「いかにも。それ以上は申せぬ」

陽月流の遣い手が言った。

「改めて申す。検分のため、門を開けよ」

鬼長官が重々しく言った。

城代家老と目付が小声で相談を始めた。

そこへ、家臣がいくたりかわらわらと現れ、家老と目付に伝えごとをした。恐らく、藩主の意向を伝えたのだろう。

ほどなく、家臣たちは下がっていった。

「相分かった、開門いたす」

城代家老が言った。

「開門！」

目付が叫んだ。

厳めしい門の扉が、軋み音を立てながら開いた。

第六章　戦闘開始

一

こやつか……。

剣豪与力のまなざしに力がこもった。

館を背にして、床几にどっかりと腰を下ろしている男がいる。

金色の家紋入りの衣装をまとったこの男こそ、下総黒池藩主、圷若狭守時敬に相違あるまい。

その背後には、諸国から集められた用心棒とおぼしい者たちが控えていた。数はおおよそ三十名。藩兵もいるから、もはや軍勢と称すべき構えだ。

葵の御紋の御旗が動いた。

前面に出る。

手にしているのは兵ではなかった。

鬼長官だった。

「われこそは、火付盗賊改方長官、長谷川平次である。畏れ多くも幕命を受け、当屋敷へ検分に参った」

長谷川平次がよく通る声で言った。

「片腹痛いわ」

床几から立ち上がった藩主が吐き捨てるように言った。

六尺（約百八十センチ）豊かな偉丈夫だ。

「江戸の火盗改風情が何をしにまいった。愚か者め」

圷若狭守は鼻で嗤った。

「幕命である」

鬼長官が葵の御紋の御旗をかざした。

ここで剣豪与力が前へ進み出た。

「われこそは月崎陽之進。影御用ゆえ、身分は秘す」

いったん言葉を切ると、剣豪与力は藩主をにらみつけて続けた。

「圷若狭守、そのほう、民を慈しむべき藩主の身でありながら、苛斂誅求をほしいままにし、私利私欲のために諸国より兵を集め、あろうことか自ら盗賊団を率い、夜陰に乗じて江戸へ乗り込み、借財のある商家へいくたびも押し込み、狼藉のかぎりを尽くせり。その罪、まことにもって万死に値する」

剣豪与力は藩主を鋭く指さした。

「そのほう、だと？」

下総黒池藩主が目を剝いた。

赤みがかったつねならぬ瞳だ。眼光は刺すように鋭い。

「天に代わりて、われらが誅さねばならぬ」

今度は鬼長官が言った。

「誅するだと？　だれに向かって物を言っておる」

圷若狭守が怒気をはらむ声で言った。

「藩主にして盗賊。前代未聞の悪徳藩主に向かってだ。その地位を簒奪し、改易に導くため、われら討伐隊が派遣された。覚悟せよ」

鬼長官が刀の柄に手をかけた。

「小癪なり」

圷若狭守はおのれの太腿をばしっと手でたたくと、振り向いて選りすぐりの用心棒たちを見た。

「おまえらはこの日のために集められた。そう思え」

大音声(だいおんじょう)で言う。

「はっ」

「承知いたした」

声が返る。

「ほうびは思いのままだ。返り討ちにせよ」

圷若狭守は軍配を振り下ろすしぐさをした。

兵が動く。

下総黒池藩の藩邸で、いよいよいくさが始まった。

二

「お待ちください、殿」

目付の鷲津三郎太が必死に止めた。

藩主が自ら抜刀し、陣頭へ出ようとしたからだ。

「ここは手下たちにお任せを」

城代家老の堀越玄蕃も必死の形相で言う。

「小癪な者どもは返り討ちにしてくれるわ」

圷若狭守が太刀をかざした。

「こういう時のために集めた用心棒たちがおりまする。まずは館の見晴らし場から、その者らの働きをご覧ください」

目付が切迫した口調で言った。

「よく働いた者には、ほうびも与えねばなりませぬ。御大将は後ろに控えていただければと」

家老も和す。

二人の家臣から懸命に諫められた下総黒池藩主は、しぶしぶ剣を納めた。

「ものども、働け」

用心棒たちにそう言い残すと、圷若狭守は大股で館のほうへ歩きだした。

家老と目付は、ほっとしたように後を追った。

三

初めの用心棒が抜刀した。

「われこそは必殺一刀流、杉之森一心なり。まんず、覚悟」

訛りのある剣士が剣を大上段に振りかぶった。

「影御用、月崎陽之進なり」

剣豪与力が迎え撃つ。

一刀流の剣士とは、これまでにいくたびも相対してきた。初太刀にすべてを賭ける一撃必殺の剣がもっぱらだ。全身全霊で受けねばならない。

「きえーい！」

化鳥のごとき掛け声を発すると、杉之森一心は渾身の一刀を振り下ろしてきた。

「ぬんっ」

剣豪与力が全身で受ける。

総身ばかりではない。魂もこめた受けだ。

背骨にふるえが走った。

それほどまでに勁(つよ)い一撃だった。

しかし……。

剣豪与力はいささかも崩れなかった。

押し返す。

「きえーい！」

一刀流の剣士は再び剣を振り下ろしてきた。

同じ剣筋だ。

その力は、初太刀より明らかに落ちていた。

剣豪与力は敵の弱点を見破っていた。

膂力(りょりょく)にあふれてはいるが、体が硬い。そのせいで、剣が遠回りをしてしまう。

「一刀流、敗れたり」

剣豪与力は昂然(こうぜん)と言い放った。

「何をっ」

杉之森一心が目を剝いた。

「来い」

剣豪与力は剣を下げた。

「打てぬか、腰抜け」

挑発する。

必殺一刀流の遣い手のこめかみに青筋が浮かんだ。

「きえーい！」

またしても化鳥のごとき掛け声が発せられた。

剣が振り上げられた。

見えた。

敵の隙が見えた。

「てやっ」

剣豪与力の剣が動いた。

踏みこむ。

剣を下から振り上げる。

「ぐわっ」

杉之森一心がうめいた。

剣豪与力の剣は、敵の肺腑を鋭く斬り裂いていた。

体が離れた。

素早く振り向く。

剣を振り下ろす。

「ぬんっ」

剣豪与力は袈裟懸けに斬り下ろした。

手ごたえがあった。

必殺一刀流の遣い手は、ゆっくりと斃れていった。

四

鬼長官の前には槍の名手が立ちはだかっていた。

名乗りによれば、西大寺大悟。上方では無双の名手らしい。

「火盗改の首、わいが取ったる」

槍の名手はそう言うと、鋭く前へ踏みこんできた。

見た目よりもぐいと伸びてくる槍だ。

一瞬たりとも気を抜くことはできない。

「てやっ」

鬼長官は体をかわした。

むろん、攻めにも強いが、それ以上に受けに定評がある。

どの角度から攻撃を受けても、正しく受けて機をうかがう。体の幹がしっかりと鍛えられていればこその動きだ。

「逃げてるだけか、ど阿呆が」

西大寺大悟が言った。

挑発には乗らない。

敵の動きをしっかりと見る。

「食らえっ」

「死ねっ」

下総黒池藩の藩邸では、さまざまな声が響いていた。

敵と味方が入り乱れて戦っている。その戦況も気になるが、まずは目の前の敵だ。

「とりゃっ」

鬼長官は突きを入れた。

「なんや、その剣は。案山子しか斬れへんで」

槍の名手が鼻で嗤った。

鬼長官は表情を変えなかった。

いまのは本気の突きではない。あくまでも敵の技量を図るためだ。

「えいっ」

間合いを図り、鬼長官は再び突きを繰り出した。

ただし、敵を挑発すべく、あえて控えめな動きにした。

「蠅が止まるで。江戸ではそんなんで長官がつとまるんか」

西大寺大悟が嘲った。

「ならば、手本を見せてくれ」

鬼長官が言った。

「おう」

槍の名手は単純だった。

「よう見とれ」

そう言い放つなり、槍をぐいと突き出してきた。

腰が入った槍だ。遠くからぐいと伸びてくる。

鬼長官は間一髪でかわした。

同時に、敵の槍の動きを脳裏に焼きつけた。

「それで終いか」

鬼長官は挑発した。

「なんやと？」

西大寺大悟が目を剝く。

「蠅が止まるのは、うぬの槍のほうだ」

鬼長官はそう言い放った。

「言うたな。覚悟せえ！」

槍がぐいと突き出されてきた。

だが……。

怒りのせいで、その動きは少しだけ硬かった。

鬼長官が体を開いた。

「てやっ」

剣を振り下ろす。

手ごたえがあった。

鋭く突き出されてきた槍を、鬼長官の剣は斜めに斬り落としていた。

「ぐっ」

西大寺大悟がうめいた。

鬼長官が踏みこむ。

好機を逃さず、かさにかかって攻める。

「とりゃっ」

鬼長官は翔ぶがごとくに斬りこんだ。

敵はもはや受けることができなかった。

頼みの槍は斬り落とされて短くなっていた。

「ぎゃっ」

悲鳴があがった。

額を割られたのだ。

「慈悲だ」

鬼長官は素早く間合いを取り、次の剣を振り下ろした。

上方の槍の名手は、二度と起き上がらなかった。

五

むところだ。

大五郎親分だ。

裏手の崖を上ったりするのは向かないが、正々堂々、敵を前にした戦いなら望むところだ。

そう言うなり、偉丈夫が激しい張り手を見舞った。

「思い知れっ」

用心棒の一人が斬りかかってきたが、相撲の立ち合いの要領で鋭く踏みこみ、敵の手首をねじりあげて剣を落とした。

武器がなくなり、素手の対決になったらこちらのものだ。

「ぐえっ」

用心棒の顔がたちまち真っ赤になった。

鼻が折れて曲がり、唇が腫れあがる。

さらに張り手が見舞われた。

口と耳から血が流れ、目から光が失われる。

それでも大五郎は容赦しなかった。
両腕でがしっと決める。
その名の由来にもなった閂だ。
力まかせに振る。
「ぐわわっ」
絶叫が放たれた。
両ひじの骨がぼきぼきと音を立てて折れたのだ。
それでも閂の大五郎は容赦しなかった。
今度は相手の背の後ろで両手の指を組み合わせた。
渾身の力をこめる。
必殺技のさば折りだ。
背骨が折れる嫌な音が響いた。
用心棒はもう叫ばなかった。
なおひとしきり力をこめてから、大五郎親分は手を離した。
用心棒はへなへなとあお向けに倒れて白目を剝いた。

六

「親分！」

小六の声が響いた。

いつのまにか、大五郎親分の背後に敵が迫っていた。

鎖鎌（くさりがま）を手にした用心棒がいままさに攻撃を加えようとしたとき、塀の上から戦況を見守っていた小六が加勢の一手を放った。

手裏剣（しゅりけん）だ。

「ぐわっ」

用心棒がのけぞった。

鎖鎌が空を切る。

「すまん」

門の大五郎が声をかけた。

「やっちまってくだせえ」

小六の声が高くなった。

「おう」
大五郎親分が突進した。
手負いの用心棒の首をがしっとつかむ。
もはや鎖鎌は使えない。体が密着してしまったら無用の長物だ。
用心棒は悲鳴を発しなかった。
代わりに響いたのは、首の骨が折れる音だった。
嫌な音を立てて首の骨が折れると、用心棒の目から光が薄れた。
「とりゃっ」
大五郎親分が技をかけた。
首ひねりだ。
地に倒れ伏した用心棒の体が二度、三度と痙攣（けいれん）する。
「とどめはわたしが」
声が響いた。
左門だ。
小六とはいくらか離れた塀の上に元隠密がいた。
こちらも手裏剣の名手だ。

手首を返し、鋭く打つ。
狙いはたしかだった。
左門の手裏剣は、用心棒の眉間に命中した。
ひときわ激しく、体が痙攣した。
それで終わりだった。
鎖鎌の名手は死んだ。

七

「何をしておる！」
いらだたしげな声が響いた。
館の見晴らし場だ。
断崖絶壁に沿って建つ館は、遠目には塔のように見える。
その中途に見晴らし場がある。下総黒池藩の町や領地を見渡せる眺めのいい場所だ。
ここに立つことができるのは藩主とひと握りの重臣だけだ。

ただし、裏切りの疑いをかけられた者も、この高い見晴らし場に引き出されることがあった。理不尽に斬られた者のむくろはここから弊履のごとくに棄てられる。

「斬れ。斬ってしまえ」

圷若狭守が叱咤した。

戦況は芳しくなかった。

用心棒を含めた兵の数は下総黒池藩のほうが多いにもかかわらず、明らかに劣勢に立たされている。

「玄蕃！」

藩主は城代家老を呼んだ。

「はっ」

堀越玄蕃が前へ進み出る。

「是非もない。飛び道具を使え」

藩主はそう命じた。

「はっ」

家老はすぐさま請け合った。

「敵の首を取れ。ほうびが出るぞ」

目付の鷲津三郎太が声を張りあげた。

「おう」

「取ってやる」

「殺せ殺せ、皆殺しだ」

下のほうから声が響いてきた。

血も涙もない藩主が身ぶりをまじえた。

「はっ」

「心得ました」

声が返る。

「進め。後ろを見るな」

圷若狭守は軍配を振り下ろすようなしぐさをした。

「敵の首を取れ。ひるむな」

目付が叱咤する。

「おうっ」

抜刀した用心棒が動いた。

第七章　戦闘続く

一

「われこそは大道寺(だいどうじ)十兵衛(じゅうべえ)。いざ」

用心棒が剣を構えた。

ただし、尋常(じんじょう)な構えではなかった。

二刀流だ。

左手(ゆんで)に太刀(たち)、右手(めて)に小太刀を握っている。どうやら利き手は左らしい。

「陽月流、月崎陽之進なり」

剣豪同心が名乗った。

「悪しき藩主の配下の者どもは、問答無用で成敗(せいばい)いたす。覚悟せよ」

よく通る声で告げると、剣豪与力は正眼に構えた。

「てやっ」

まず二刀流の小太刀が繰り出されてきた。

剣豪与力が払う。

すると、すぐさま太刀が振り下ろされてきた。

左だ。

「ぬんっ」

剣豪与力は、がしっと受けた。

敵の息づかいが聞こえる。

顔が近くなった。

無精髭(ぶしょうひげ)を生やした悪相だ。

「とおっ」

体が離れるや、今度は右の突きが飛んできた。

胴を狙う。

容易ならざる剣だ。

「ていっ」

剣豪与力は素早く剣を振り下ろして払った。

また体が離れる。

小太刀が繰り出される。

すぐさま太刀が振り下ろされ、剣豪与力が受ける。

白熱の戦いになった。

「とりゃっ」

大道寺十兵衛がまた右で突きを放った。

次の刹那に左の太刀を振るう。

敵の剣筋が読めた。

もとより一刀流のような膂力にあふれた剣ではない。剣豪与力が二度三度と受けているうち、いくらか息もあがってきた。

用心棒の右肩が下がった。

その隙を、剣豪与力は見逃さなかった。

いまだ。

「ていっ」

剣豪与力は鋭く踏みこみ、剣を振り下ろした。

手ごたえがあった。

「ぐわっ」

用心棒がうめいた。

剣豪与力の剣は、敵を袈裟懸け（けさがけ）に斬り裂いていた。

とどめを刺す。

肺腑（はいふ）をえぐると、大道寺十兵衛は血を吐きながら斃れ（たおれ）ていった。

二

「われこそは、円無縁斎（まどかむえんさい）」

べつの用心棒が名乗った。

相対しているのは鬼長官だ。

「わが結界から、うぬはもはや抜けられぬぞ」

用心棒がゆっくりと剣を回した。

円をつくる。

鬼長官は間合いを取り、敵の様子をうかがった。

ふふふ、ふふふふ……


笑い声が響いてきた。

いや、嗤いだ。

円無縁斎の顔には不敵な嗤いが浮かんでいた。

鬼長官は瞬きをした。


妖術使いかもしれぬ。

侮るな。


鬼長官は剣を握る手に力をこめた。


「てやっ」

「とりゃっ」

さほど離れていないところで剣戟が続いている。

その声が聞こえる。

下総黒池藩の藩邸では、随所で戦いが行われていた。

無縁斎の剣がまた動いた。

「封じ込め、封じ込め」

呪文のように唱えながら円を描く。

その剣は、鬼長官を縛めるように動いた。

「封じ込め、封じ込め」

繰り返す。

「うっ」

鬼長官は短くうめいた。

見えない縄が身にまとわりついてきたような気がしたのだ。

「封じ込め、封じ込め」

無縁斎の剣がさらに動いた。

鬼長官の目をじっと見る。

いかん。

術にかかるぞ。

振り払え。

鬼長官は意を決した。
敵を見ることなく戦うのだ。
鬼長官は心眼を研ぎ澄ませた。
敵の息づかいが分かった。
心の臓の音まで聞こえる。
「覚悟っ」
無縁斎の剣が振り下ろされてきた。
まなざしを外した相手を見て、勝ったと思ったのだ。
だが……。
わずかに遅れて、鬼長官の剣が動いた。
下から鋭く斬り上げる剣だ。
後(ご)の先(せん)の剣は、一瞬早く、敵の体に届いた。
「ぐわっ」
悲鳴が放たれた。
鬼長官の剣は、用心棒の身を深々と斬り裂いていた。

よし。

一気呵成だ。


鬼長官は体を離すと、袈裟懸けに斬った。

今度は悲鳴も放たれなかった。

血が噴き上がる。

死んでいく用心棒の血を、日の光が最後に照らした。

三

自彊館の望地数馬は面妖な敵と戦っていた。

「見えぬか、見えぬか、わが剣が見えぬか」

用心棒が挑発するように言う。

しかし……。

剣をかざしているわけではなかった。

いささかいぶかしいことに、その剣は用心棒の身の後ろに隠れていた。

「見えぬか、見えぬか、わが剣が見えぬか。おぬしの目は節穴よのう」

名を名乗らなかった用心棒が侮る。

「何を言う」

望地数馬の顔が怒りで朱に染まった。

勇んで前へ出る。

敵の思う壺だ。

わざと刀を身の後ろに隠して挑発する。そして、相手がむやみに前へ出てきたところで一刀で仕留める。

恐るべき剣だ。

用心棒の剣が動いた。

見えたら最後、敵を斬り裂く必殺の剣だ。

だが……。

悲鳴をあげたのは望地数馬ではなかった。

用心棒のほうだった。

「ぐわっ！」

その眉間(みけん)には、手裏剣(しゆりけん)が深々と突き刺さっていた。

左門が打ったのだ。

塀の上から戦闘を見守る元隠密には見えていた。

ここぞというときに放たれた手裏剣は、若き剣士の危地を救った。

望地数馬は体勢を整え直した。

剣を振るう。

斬る。

手ごたえがあった。

とどめを刺す。

用心棒は、ついに名乗ることなく斃れた。

四

自彊館の二ツ木伝三郎も奮戦していた。

敵は薪割流(まきわりりゆう)を名乗る剣士だった。

上段から打ち下ろしてくるが、初太刀にすべてを賭(か)ける一刀流ではない。矢継(やつ)

ぎ早に剣を繰り出し、薪を割るがごとくに攻め立ててくる。
初めのうちは防戦一方だった。ひたすら受けるしかない。
「てやっ、とりゃっ」
刀ごと切り裂くような気合で、敵は剣を振り下ろしてきた。
力強いが、単調でもあった。
その剣筋を、自彊館の若き師範代は受けているうちに見切った。
だが……。
やみくもに反撃に転じたりはしなかった。
敵にはまだ力が残っている。侮ってはならない。
「死ねっ」
薪割流の剣士が攻めこんできた。
がしっと受ける。

何をしておる。
一掃せよ。
皆殺しにしてしまえ。

藩主だろうか、叱咤する声が響きわたった。

「ぬんっ」

二ツ木伝三郎が押し返した。

敵の足さばきが少し乱れた。

そうか。

自彊館の師範代は悟った。

薪割流は攻めつづける剣法だ。攻めているときはいいが、いざ守勢に回るともろい。

「てやっ」

二ツ木伝三郎は攻勢に転じた。

「とりゃっ、とりゃっ」

いま受けていた薪割流の剣法に倣い、矢継ぎ早に剣を振るう。

守勢一方になった敵の体が、ぐらりと揺れた。

「せやっ」

素早く体を離し、突きを食らわす。

虚を突かれた敵はかわすことができなかった。

「ぐわっ！」

薪割流の剣士が叫んだ。

腹を深々と刺された用心棒に、もう反撃する力は残っていなかった。

藩邸の庭を血に染めて、薪割流の剣士は死んだ。

五

庭の一角では肉弾戦が繰り広げられていた。

用心棒のなかには怪力の持ち主もいた。筋骨隆々たる岩のごとき偉丈夫だ。

田舎相撲では無敵で、いくたりも殺めてきた剣呑な男だ。

相対しているのは、もちろん閂の大五郎だった。

大五郎は敵の両腕をがっしりと決めていた。

いつもなら、これで必勝だ。

強引に振り回せば、相手のひじが折れる。引きつけてさばおりに持っていくこともできる。

しかし……。

このたびは勝手が違った。

敵の腕が太すぎるのだ。まるで丸太のような腕だ。これではひじは決まらない。

「ぐはははは」

偉丈夫が笑いながら押しこんできた。

大五郎よりさらに上背がある。かさにかかって攻めてくる。

いつもの勝負とは勝手が違った。

もとより、長い戦いにはあまり向いていない。息が上がってしまうのだ。

かくなるうえは……。

大五郎親分は意を決した。

「でぇええいっ！」

渾身（こんしん）の力をこめて押し返し、両腕を解いて体を離す。

これ以上、勝負が長引いたらやられてしまう。

一か八かの勝負だ。

次の刹那、大五郎は相撲取りのときには使わなかった技を繰り出した。

ぶちかましだ。

頭から思い切りぶちかますと、ごんっと鈍い音が響いた。
「ぐっ」
敵がうめいた。
いまだ。
大五郎は強烈な張り手を見舞った。
右、左、右……。
休む間もなく張り手を繰り出す。
敵の顔はたちまち腫れあがり、鼻がねじ曲がり、唇が裂けた。
「加勢しますぜ、親分」
小六の声が響いた。
「ぐえっ！」
悲鳴があがった。
手裏剣が脳天に命中したのだ。
敵がよろめく。
大五郎親分は、さらに張り手を見舞った。
白目を剝く。

そこへひざ蹴りを食らわせた。

あごの骨が折れる。歯が砕け散る。

満身創痍の敵は地面に突っ伏し、二、三度痙攣して動かなくなった。

六

「余が成敗してくれるわ」

圷若狭守が前へ進んだ。

「お待ちください。まだ兵はたくさんおりまする」

目付の鷲津三郎太が必死に止めた。

「殿、ここはご自重を」

城代家老の堀越玄蕃も続く。

「どいつもこいつも役立たずめ。何のためにわが藩に飼われておる」

下総黒池藩主は吐き捨てるように言った。

「皆の者、力を見せよ」

目付が懸命に叫んだ。

「殿が見ておるぞ。働け」

家老も叱咤した。

「おう」

「やってやれ」

「ここからだ」

用心棒たちが勇む。

「飛び道具はどうした。焼き殺せ」

圷若狭守が無理な注文をした。

「鉄砲隊の用意はできたか」

目付が訊く。

「はっ、ただいま」

家臣の一人が答えた。

「遅い！　みな撃ち殺してしまえ」

藩主の声が高くなった。

「早く仕度せよ」

堀越玄蕃が苛立たしげに言った。

「しくじった者はみな打ち首だ。そう心得よ」

圷若狭守が刀を振り下ろすしぐさをした。

「急げ」

鷲津三郎太が身ぶりをまじえる。

「はっ」

「ただいま」

兵がわらわらと動いた。

七

鬼長官は強敵と対峙していた。

長刀遣いだ。

六尺豊かな偉丈夫が、長刀を振り下ろしてくる。

剣呑な剣だ。

まるで二階から振り下ろしてくるかのようだ。

まともに打たせてはならない。

剣もろともに斬り裂いてしまおうとするかのような力だ。

「とりゃっ！」

掛け声一閃（いっせん）、敵は長刀を振り下ろしてきた。

鬼長官は横へ素早く動き、体をかわした。

まずは受けるのではない。空を切らせるのだ。

「われこそは諸国無双、草場（くさば）無双斎（むそうさい）。わが剣にかなう者はおらぬ。覚悟せよ」

無双斎はまた長刀を振りかざした。

鬼長官が間合いを図る。

ふところに飛びこめれば勝てる。敵の長尺が届く寸前に肺腑をえぐるのだ。

一瞬の逡巡（しゅんじゅん）が勝負を分ける。

食うか食われるかの勝負だ。

鬼長官はその一瞬の機をうかがっていた。

「死ねっ」

無双斎が長刀を大上段に振りかぶった。


いまだ。

　行け。

内なる声が響いた。

鬼長官は背を丸めた。

前へ突っこむ。

剣を握り、ふところへ飛びこむ。

「ぐわっ！」

悲鳴をあげたのは鬼長官ではなかった。

草場無双斎だった。

無双の剣が敵を斬り裂く前に、鬼長官の剣が先んじて肺腑をえぐっていた。

さらに斬る。

敵の心の臓を斬り裂く。

「もふっ……」

無双斎の口から血があふれた。

おびただしい量の血だ。

体が離れる。

長刀を握りしめたまま、無双斎はゆっくりと前へ斃れていった。

第八章　死　闘

一

鬼長官は窮地を切り抜けた。
だが……。
一難去って、また一難。
前方にまた敵が現れた。
尋常な敵ではなかった。
鉄砲隊だ。
三人いる。
「うっ」
鬼長官は思わずうめいた。

無双斎にとどめを刺した感触はまだこの手に残っていた。

しかし……。

飛び道具には対抗できない。

これは進退谷(きわ)まった。

「狙え！」

塔のように見える建物のなかほどから声が響いてきた。

見晴らし場で、家臣が一人、あるものを口に当てていた。

音拡げ筒だ。

通常の筒ではなく、先が広がっている。これを口に当てて叫べば、音が拡げられ、遠くにまで届く。

「仕留めよ」

さらに声が放たれた。

城代家老の堀越玄蕃だ。

音拡げ筒を握っている。

「はっ」

三人の鉄砲隊が前へ進み出た。

狙いを定める。

　鬼長官は絶体絶命の窮地に陥った。

二

　そのとき、声が響いた。

「待て」

　剣豪与力だ。

「平次、おれに任せろ」

　鬼長官に向かって言うと、剣豪与力は剣を構えた。

「頼みます」

　鬼長官がさっと下がった。

　ここは任せるしかない。

「撃てっ」

　音拡げ筒から、さらに声が放たれた。

　最初の銃声が響いた。

弾は剣豪与力の小鬢(こびん)をかすめた。

間一髪だ。

それでも、剣豪与力はひるまなかった。

「当たらぬ」

剣をかざしたまま、間合いを詰める。

「邪(よこしま)なる銃弾は、おれには当たらぬ」

昂然(こうぜん)と言い放つ。

「撃て！　撃ち殺してしまえ」

声の主(ぬし)が変わった。

朱塗りの音拡げ筒を手にしているのは、下総黒池藩主だった。

「はっ」

次の銃弾が放たれた。

今度はほおをかすめる。

「当たらぬ」

剣豪与力はさらに間合いを詰めた。

「撃て！」

圷若狭守が声を張りあげた。
三番目の銃が火を噴いた。
かんっ、と甲高い音が響いた。
剣豪与力が刀を振る。
敵の銃弾を、その剣で受け止めたのだ。
心眼を研ぎ澄ませていればこその技だ。
「当たらぬ」
剣豪与力は三度言い放った。
それを聞いて、次の銃撃に備えていた兵の表情がだしぬけに変わった。
その視野には、迫り来る剣豪与力が映っていた。
銃弾を剣ではね返した尋常ならざる男が、一歩ずつ着実に間を詰めてくる。
そのただならぬ迫力に、狙撃兵の頭は耐えることができなかった。
「ははは、はははは……」
乾いた声が放たれた。
剣豪与力を銃撃しようとしていた兵は、あまりの恐ろしさに気がふれてしまったのだ。

次の刹那(せつな)――。
銃声が放たれた。
今度は命中した。
ただし、撃たれたのは剣豪与力ではなかった。
味方の狙撃兵だった。
近くから頭を撃たれた兵は、悲鳴もあげずに絶命した。
「何をする」
味方を撃った兵が斬(き)られた。
「ははは、はははは……」
兵は笑いながら斃(たお)れた。
もう一人の兵は後ろも見ずに逃げ出した。
かくして、鉄砲隊は総崩れとなった。

三

戦闘は随所で続いていた。

望地数馬もその一人だった。
「さてもさても、面妖なり。わが剣先をとくとご覧じろ」
敵が剣先で小さな円を描いた。
さほど上背はない。筋骨隆々たる体つきでもない。
うち見たところ与しやすそうだが、常ならぬところもあった。
目の光だ。
双眸から光が発せられているかのようだ。
「さてもさても、ふしぎなり」
異貌の用心棒が唄うように言った。
また剣先が動く。
円を描く。
「この円より、世にあらぬものが生じるなり。とくとご覧じろ」
用心棒の声が高くなった。
望地数馬は瞬きをした。
いつのまにか、面妖なものが現れていた。
福助人形だ。

一体ではない。何体もいる。

それぞれが刀をかざし、笑いながら近づいてくる。

こ、これは……。

望地数馬の動きが止まった。

抜刀したまま動かない。あらぬものを見て、すっかり体がこわばってしまったのだ。

お覚悟……

お覚悟……

小さな刀をかざした福助人形たちが迫る。

用心棒の異貌に嫌な笑みが浮かんだ。

剣が動く。

今度は円を描かなかった。

「死ねっ」
上段から斬りこんでくる。
目で幻術をかけ、敵を縛めてから斬る。
恐るべき剣法だ。
望地数馬は、なすすべもなく立ち尽くしていた。
いままさに斬られてしまう……。
そう思われた刹那、素早く影が現れた。
「てやっ」
助太刀が来た。
中堂左門だ。
元隠密は若き剣士の窮地を察し、間一髪のところで敵の剣を受けた。
望地数馬は我に返った。
瞬きをする。
福助人形は消えていた。
「おのれっ」
望地数馬は反撃に転じた。

幻術がなければ、敵はさほどの遣い手ではなかった。
しかも、左門と二人がかりだ。
「ぐえっ」
用心棒がうめいた。
左門の突きが入っていた。
長刀ではないが、猿のごとくに突っこみ、敵の心の臓を突く。
体が離れた。
今度は数馬だ。
「ぬんっ」
袈裟懸けに斬ると、異貌の用心棒の首筋から血が噴きあがった。
もう面妖なものは現れなかった。
用心棒は前のめりに倒れて死んだ。

四

「かくなるうえは是非もない。大砲だ」

坏若狭守が声を張りあげた。

「殿、ここで大砲は剣呑かと……」

堀越玄蕃が言った。

「うるさい！　余に意見をするな」

藩主は家老にみなまで言わせなかった。

「はっ」

堀越玄蕃はすぐ引き下がった。

藩主は音拡げ筒を口に当てた。

「大砲だ。速やかに仕度せよ」

甲高い声が響きわたった。

「早くせよ。殿の命だ」

目付の鷲津三郎太も精一杯の声で続く。

「まとめて殺せ。砲弾で皆殺しだ」

坏若狭守は荒っぽいことを言った。

城代家老は何も言わなかった。

無理に諫めればわが身が危ない。

大砲の用意が整った。

鉱山を有する下総黒池藩が、その財力にものを言わせてひそかに導入した舶来の大砲だ。

その先端が剣豪与力に向けられた。

「うっ」

さしもの剣豪与力もひるんだ。

鉄砲の弾なら、ぐっと気を集めれば剣ではね返すこともできる。

だが……。

大砲の弾は無理だ。

「撃てっ！」

藩主の声が響いた。

退(ひ)くか、攻めるか。

ここでの判断の遅れは命取りだ。

剣豪与力は動いた。

攻めるところではない。

まずは砲撃をかわしてからだ。
剣豪与力は横へ跳び退った。
そのまま身を転がして逃れる。
轟音が轟いた。
大砲が放たれたのだ。
「ぎゃっ」
「ぐわっ」
悲鳴が幾重にも重なって響いた。
砲弾はあらぬところへ着弾した。
味方のただなかだ。
たちまちいくたりもが斃れた。
しかし……。
剣豪与力は無事だった。
すぐさま立ち上がる。
その前に、またしても用心棒が立ちはだかった。

五

「われこそは鏡龍造、鏡流の開祖なり。いざ」
無精髭を生やした魁偉な男が刀を構えた。
「陽月流、月崎陽之進なり。いざ」
剣豪与力は上段に構えた。
鏡龍造も同じ構えをつくる。
間髪を容れぬ動きだった。
こやつは……。
剣豪与力は違和感を覚えた。
いままでに手を合わせたことのない剣士だ。
今度は正眼の構えを取った。
鏡龍造がすぐさま同じ構えになる。
まるで鏡を見ているかのようだった。
そうか、と剣豪与力は悟った。

鏡流とは、剣士の名にのみ由来するものではない。鏡のごとき動きをするからこそ、その名がついたのだ。

剣豪与力は下段に構えた。

鏡龍造も下段の構えになる。

またしても鏡の動きだ。

いかん、と剣豪与力は思った。

同じ動きを繰り返すのは敵の思う壺だ。

鏡流の術中にはまってしまう。

鏡の動きを繰り返すのなら、立ち割ればいい。

割れた鏡は何も映さない。

剣豪与力は意を決した。

踏みこむ。

上段から剣を振り下ろす。

鏡龍造も同じ動きをした。

がんっ、と鈍い音が響く。

火花が散る。

「とりゃっ」

体を離すや、剣豪与力はすぐさま打ちこんでいった。

敵を休ませない動きだ。

「てやっ、てやっ」

続けざまに剣を繰り出す。

鏡流の遣い手の表情が変わった。

同じ動きを繰り返すことによって敵の焦りを誘い、一瞬の隙を突いて攻撃に転じる。それが鏡流の極意だ。

だが……。

陽月流の遣い手は違った。

矢継ぎ早に剣を振るってくる。

かさにかかって攻める。

そのうち、鏡龍造の足さばきが乱れた。

いまだ。

「きえーい！」

気合一閃、剣豪与力は上段から剣を振り下ろした。

「ぐわっ」

必殺の剣は、鏡流の剣士の眉間をものの見事に打ち割っていた。

鏡龍造はもう同じ動きをしなかった。

血をほとばしらせながらたたらを踏み、がっくりとひざをついてうなだれた。

「慈悲だ」

剣豪与力の刀が一閃した。

鏡龍造の首はたちどころに刎ねられて庭に転がった。

六

鬼長官は三人の用心棒と相対していた。

同じ顔立ちだから兄弟か、あるいは三つ子か。

長い髪の異形の剣士たちだ。

髪を振り乱し、刀を振るってくる。

上段、中段、下段。

それぞれに構えが違う。

「うっ」

鬼長官がうめいた。

三人の敵を同時に迎え撃つことはできない。

いかに強くとも、受ける剣は一つだけだ。

「とりゃっ」

「死ねっ」

「覚悟！」

三本の刀が振り下ろされてきた。

鬼長官は絶体絶命の窮地に陥った。

「かしらっ」

声が放たれた。

左門だ。

次の刹那、虚空を切り裂いて手裏剣（しゅりけん）が飛んだ。

「ぐえっ」

一人目の頭に突き刺さる。

「食らえっ」

小六も気づいた。

必殺の手裏剣を放つ。

「ぎゃっ」

二人目も斃れた。

だが……。

もう一人いた。

「どりゃっ！」

裂帛（れっぱく）の気合で刀を振り下ろす。

守勢に回った鬼長官がのけぞって倒れた。

危地だ。

しかし……。

鬼長官はいざというときの稽古（けいこ）も積んでいた。

柔（やわ）ら術の心得もある。

とっさに身が動いた。

背中を地面につけたまま、両足を上げ、敵の身を乗せて後ろへ投げる。

巴投（ともえな）げだ。

「うわっ」

敵の体が宙に浮き、後ろへ飛んだ。

「助太刀いたす」

二ツ木伝三郎が斬りこんできた。

敵に立ち直るいとまを与えず、斬る。

「ぐわっ」

三人目が悲鳴をあげた。

鬼長官が立ち上がった。

体勢を整え、敵に近づく。

「成敗（せいばい）いたす」

鬼長官は刀を振り下ろした。

今度は悲鳴もあがらなかった。

首を半ば斬り落とされた敵は、庭を血に染めて絶命した。

第九章　一騎打ち

一

「余が成敗してくれる」

圷若狭守の声が響きわたった。

館の見晴らし場から戦況を見守っていた藩主だが、どうも芳しくなかった。

せっかく諸国から用心棒を集めたのに、次々にやられている。飛び道具も不発だ。悪しき藩主はしびれを切らしていた。

「お待ちください、殿」

城代家老の堀越玄蕃が止めようとした。

「まだ兵はおりまする。ここはご自重を」

目付の鷲津三郎太も必死に言う。

だが……。
圷若狭守は聞く耳を持たなかった。
「ええい、どけ」
家老に刀を突きつける。
堀越玄蕃は少し迷ってから脇に寄った。
さらに諫めでもしたら、問答無用で斬られてしまう。
それは肌で分かった。長年の勘も働いた。
しかし……。
目付は違った。
「殿、ご自重を。用心棒はまだおりまする」
家老より若い目付は、藩主の前に立ちはだかって諫めた。
次の刹那――。
下総黒池藩主の顔つきが変わった。
悪鬼のごとき形相に変じた。
「ええい、どけ！」
そう叫ぶなり、圷若狭守は剣を一閃させた。

城代家老が目をつぶる。

血しぶきが舞う。

長年、仕えてきた家臣を、藩主は丸太のごとくに斬った。

「ぐわっ」

目付が叫んだ。

首を斬られた鷲津三郎太は見晴らし場にひざをついた。

「どけっ」

藩主は容赦なく蹴り倒した。

鷲津三郎太はあお向けに倒れて目を剝いた。

そして、そのまま絶命した。

二

血に濡れた刀を提げたまま、藩主は庭に下りた。

「余に逆らう者は、ことごとく斬る」

そう言い放つや、圷若狭守は討伐隊に斬りこんでいった。

代官所の兵たちが迎え撃つ。

しかし……。

偉丈夫の藩主は人並み外れた膂力の持ち主だった。日ごろから鍛錬も怠っていなかった。

塔のごとき館をいくたびも駆け上がり、足腰を鍛える。腕立て伏せは片手でも繰り返す。ときには反吐を吐くまで続ける。

その甲斐あって、仁王のごとき筋骨隆々たる体ができあがった。太刀を片手で振り、敵の首を刎ねることもできる。恐るべき剣だ。

「覚悟っ」

「御用だ」

兵が二人、臆せず斬りかかってきた。

「片腹痛いわ」

そううそぶくと、坏若狭守は太刀を振るった。

がんっと受け、撥ねあげる。

すぐさま剣を振り下ろす。

「ぎゃっ」

兵が悲鳴を発した。

その額は、ものの見事に真っ二つに割れていた。

血が噴き出す。

「死ねっ」

邪悪な剣が一閃した。

兵の首が一瞬で飛ぶ。

恐るべき力だ。

もう一人の兵がひるんだ。

きびすを返し、一目散に逃げようとする。

「逃がさんぞ」

藩主は翔ぶがごとくに斬りかかった。

剣先が後ろ頭をとらえる。

「ぐえっ」

兵がのけぞった。

「こやつが」

圷若狭守の剣がまた動いた。

袈裟懸けに斬る。

兵は悲鳴もあげずに事切れた。

返り血が藩主の顔に降りかかる。

真っ赤に染まる。

ますます悪鬼のごとき形相になった。

三

「てやっ」

剣豪与力は剣を振り下ろした。

「ぎゃっ」

藩兵がのけぞって斃れる。

鎧袖一触だ。

それを見ていたほかの兵が算を乱して逃げ出した。

「何をしておる。ひるむな」

藩主が戦場に加わり、もう火の粉が降りかからないと悟った城代家老が音拡げ筒を用いて叱咤した。

だが……。

士気はいっこうに上がらなかった。

おもだった用心棒はすでに成敗されていた。あとはおのれの力を正しく知る者ばかりだった。

まともに戦っても負ける。となれば、いかに生き延びるかだ。

腰抜けの用心棒たちは藩主のために働かず、戦況を見守っているばかりだった。

しかし、藩主は違った。

「おのれっ。目にものを見せてつかわす」

そう言うなり、悪しき藩主はまた剣を振るった。

その行く手に、剣豪与力が現れた。

「ぬんっ」

また一人斬る。

屍を踏み越えて前へ進む。

ははは……

はははは……

だしぬけに笑い声が響いた。

剣豪与力の迫力に圧（お）された兵が一人、あまりの恐ろしさに気がふれてしまったのだ。

兵は斬られることを免れた。

ただし、二度と元には戻らなかった。

四

そのときが来た。

剣豪与力と圷若狭守が相まみえるときだ。

「ここはわが藩邸なり。立ち去れ」

藩主が嚙（か）みつくように言った。

「去らぬ」

剣豪与力は即座に答えた。

「影御用にて悪しき者を成敗するが、わがつとめなり。悪逆非道の下総黒池藩主、坏若狭守時敬、覚悟せよ」

剣豪与力は高らかに言い放った。

「影御用だと？」

坏若狭守があごをしゃくった。

「いかにも。いかなる身分であろうとも、悪しき者はこの剣が許さぬ」

剣豪与力は正眼に構えた。

「余が悪しき者と申すか」

下総黒池藩主はあごをしゃくった。

「悪しき者なり」

剣豪与力は即座に答えた。

「坏若狭守、そのほう、民を治めるべき身分でありながら、私利私欲に走り、配下の者を率いて借財のある商家に押し入り、狼藉を働くとは言語道断……」

剣豪与力の構えが変わった。

上段だ。

「よって、影御用にて成敗いたす」

凜とした声が響きわたった。

「片腹痛いわ」

藩主は鼻で嗤った。

「余を成敗できる者などこの世におらぬ。この世の真ん真ん中には、つねにこの坏若狭守がおる。ほかの者は、神に等しき余にひれ伏すべきなのだ」

坏若狭守は昂然とそう言い放った。

「うぬを成敗できる者なら、ここにいるぞ」

剣豪与力が半歩間合いを詰めた。

「うぬ、と申したな」

悪しき藩主の顔がゆがんだ。

「言った。犬でもよい。うぬは犬畜生にも劣る」

剣豪与力の声に怒気がこもった。

その言葉を聞いた坏若狭守の顔が真っ赤に染まった。

「おのれっ、成敗いたす」

そう言うなり、悪しき藩主は剣を大上段から振り下ろしてきた。

かくして、戦いが始まった。

五

火花が散った。
剣豪与力と圷若狭守、両者の剣が、がしっと打ち合わされた。
ともに大上段からの剣だ。
無双の力がある。
「ぐっ」
剣豪与力が短くうめいた。
背骨に衝撃が走った。それほどまでに、敵の剣は力強かった。
剣をまじえたまま、睨(にら)み合う。
藩主の目は血走っていた。獣のごとき、つねならぬ瞳だ。
体が離れた。
「死ねっ」
一瞬早く、圷若狭守が剣を振り下ろした。
受ける。

剣豪与力が全身で受ける。
まずはそれしかない。
また衝撃が走り、火花が散った。
「でぇぇぇぇぇぇぇぇぇぇぇぇーい！」
藩主が力まかせに押しこんできた。
押し返す。
ここはひるんではならぬ。
力と力の勝負だ。
「きえーい！」
剣豪与力は気合をこめた。
再び、両者の体が離れる。
悪しき藩主の表情が変わった。
ふっ、と嗤いを浮かべた。
次の刹那――。
圷若狭守の構えが変わった。
下段になった。

さらに力を抜く。

だらりと腕を下げる。

「いかがした。打ってこられぬか」

藩主が挑発した。

「影御用とやらは腰抜けか」

あごを突き出して嘲る。

「言うな」

剣豪与力は構えを崩さなかった。

敵の挑発に乗ってはならない。

隙ありと見てむやみに斬りかかったりしたら、敵の術中にはまる。

下段から必殺の剣が放たれる。

「うぬこそ腰抜けか」

剣豪与力は逆に挑発した。

「何だと？」

圷若狭守が目を剥いた。

「哀れなものよのう。このたびの不祥事で、領地は没収、御家は断絶であろう。

万が一切腹を免(まぬが)れたとしても、一介(いっかい)の素浪人として生きていくしかあるまい。野良犬と変わらぬではないか」

剣豪与力は嘲るように言った。

返事はなかった。

言葉の代わりに、剣が放たれてきた。

「とりゃっ！」

下段から鋭く振り上げられる剣だ。

だが……。

剣豪与力は見切っていた。

「ぬんっ」

正しく受ける。

押し返す。

「死ねっ」

今度は上段から打ちこんできた。

「ていっ」

藩主の凶剣を剣豪与力が受ける。

受けきって押し返す。
戦いはさらに続いた。

六

鬼長官は血ぶるいをした。
その兵を斬ると、周りに敵の姿がなくなった。
恐れをなして逃げ出した兵もいる。
鬼長官ばかりではない。二ツ木伝三郎、望地数馬、中堂左門、大五郎と小六。
みなそれぞれの働きを見せていた。
鬼長官の視野に二つの影が入った。
剣豪与力と藩主だ。
いま体を離し、間合いを取ったところだ。
うち見たところ、拮抗(きっこう)した勝負が繰り広げられているようだ。
加勢をすれば、一気に攻勢に転じることもできるだろう。
鬼長官はそう判断した。

「陽之進どの、助太刀いたす」

鬼長官は小気味よく言うと、大股で歩み寄った。

「それには及ばぬ、平次」

ただちに声が返ってきた。

「これはおれの戦いだ。助太刀には及ばぬ」

ちらりと鬼長官を見て、剣豪与力が答えた。

「はっ」

鬼長官はただちに下がった。

思いが伝わってきたからだ。

「まとめて斬ってやる。来い」

藩主が挑発した。

むろん、鬼長官は乗らなかった。

この場は剣豪与力に任せて、さっと下がった。

それを見て、藩主がまた斬りこんでいった。

剣豪与力が受ける。

しばしのもみ合いのあと、また両者の体が離れる。

間合いを図り、今度は剣豪与力が攻めた。

「斬れぬぞ」

圷若狭守が言った。

攻めばかりでなく、藩主は受けも強かった。

またもみ合い、体が離れる。

互角の戦いがなおも続いた。

七

「ていっ」

剣豪与力はまた剣を振るった。

汗が飛び散る。

のどが渇いてきた。

長い戦いだ。腕はしだいに重くなってきた。

「とりゃっ」

圷若狭守が受ける。

押し返す。

その力は、いささかも衰えてはいなかった。

「生きてわが藩邸を出られると思うな」

味方は総崩れに近いありさまなのに、悪しき藩主だけは意気軒昂だった。

「うぬの命運はすでに尽きている」

剣豪与力が言った。

「それはうぬのほうだ」

圷若狭守はそう言い返すなり、また踏みこんできた。

剣を振り下ろす。

剣豪与力が受ける。

またしても火花が散った。

もみ合う。

目と目が合った。

「うぬが殺めた者たちに、地獄でわびよ」

剣豪与力が言った。

「抜かすな」

藩主のつばが飛んできた。

また体が離れる。

剣豪与力は周りを見た。

藩主と相対しているのは藩邸の庭だ。下に飛び石などもあるから、足下に注意しながら戦わねばならない。

だが……。

剣豪与力が着目したのはそこではなかった。

そうか、と陽月流の遣い手は思った。

その手がある。

剣豪与力は思い至った。

このまま一進一退の戦いを続けていたら、ことによると先に息があがってしまうかもしれない。敵の体力は尋常ではない。

となれば、乾坤一擲の勝負を挑むべきかもしれない。

剣豪与力はそう考えた。

ただし、思い浮かんだ攻め手は、一撃で仕留めねばならない。もししくじれば、返り討ちに遭ってしまう。

剣豪与力は慎重に間合いを図った。
「臆したか」
圷若狭守が斬りこんできた。
「なんの」
剣豪与力が受ける。
おのれがいま庭のどのあたりにいるか、頭に入れながら身を動かす。
しばらく一進一退の攻防が続いた。
そのうち……。
悪しき藩主の体がぐらりと揺れた。
庭の飛び石につまずいたのだ。
いまだ。
剣豪与力は動いた。
しかし……。
藩主めがけて突き進んだのではなかった。
剣豪与力は意想外な動きをした。
廊下に跳び上がったのだ。

藩主がはっとしたように見る。

次の刹那――。

剣豪与力は虚空に舞った。

八

「きーえーーーーーい！」

世を斬り裂くような声が響きわたった。

剣豪与力だ。

虚空から、一刀両断の剣を振り下ろす。

手ごたえがあった。

「ぐわっ！」

悪しき藩主がうめいた。

破邪顕正（はじゃけんしょう）の剣は、圷若狭守の頭部をものの見事に斬り裂いていた。

体が離れた。

藩主を斬り、庭に降り立った剣豪与力は、また剣を構えた。

通常なら、これで終わるはずだった。
頭を深々と斬られたら、死ぬ。
だが……。
悪しき藩主は立っていた。
頭から血をほとばしらせながらも、庭にしっかりと立っていた。
ふふふ……
ふふふふ……
嗤い声が響いた。
嗤っていたのは、圷若狭守だった。

第十章　決　着

一

「よくも、余を、斬ったな」

手負いの藩主が言った。

割れた額からまた血があふれる。

ゆがんだ顔は血だらけだ。

それでも、圷若狭守は剣をかざした。

まだ戦う気だ。

「おのれっ」

血をほとばしらせながら斬りこんでくる。

恐るべきことに、まだ力は残っていた。

剣豪与力は正面から受けた。

顔が近づく。

ぱっくりと傷口が割れているのに、悪しき藩主の瞳にはまだ光が宿っていた。

こやつは化け物か。

普通なら、もう斃（たお）れているはず。

剣豪与力は寒気を感じた。

とても常人とは思えない。

「てやっ」

体が離れた。

「うぬも、斬ってやる」

圷若狭守が剣を構えた。

「まもなく死ぬぞ」

剣豪与力は言った。

立っていられるのが不思議なほどだ。

「死なぬ。余は不死身なり」

そう言い返すと、藩主はまた剣を振るってきた。

「ぬんっ」

剣豪与力が受ける。

火花が散る。

目と目が合った。

まだ光が宿っている。

割れた傷口からまた血がほとばしった。

剣豪与力の顔にふりかかる。

体が離れた。

「とりゃっ」

傷だらけの藩主はまたしても剣を振るってきた。

庭を血に染めながら、死闘はさらに続いた。

二

「なんじゃ、あれは」

大五郎親分が目を瞠（みは）った。

十手（じって）持ちの戦いはもう終わっていた。長い勝負が続くと余力に不安があったが、幸い、残りの用心棒や藩兵たちはおおむね投降した。

多勢に無勢、これ以上戦っても無駄だ。

みなそう悟ったのだ。

城代家老の堀越玄蕃も矛（ほこ）を収めた。目付はすでに藩主に斬られている。ほかの家臣たちも投降し、藩主だけが残った。

「ありゃあ、鬼だ」

小六も半ばあきれたように言った。

額をたたき割られ、血が噴き出していれば、常人なら戦えない。

いや、すでに絶命しているかもしれない。

にもかかわらず、藩主はまだ戦っていた。

血をほとばしらせながらも剣を振るっていた。
「ていっ」
剣豪与力は迎え撃った。
藩主の剣を受け、押し返す。
間合いを取るや、陽月流の遣い手は鋭く踏みこんだ。
袈裟懸けに斬る。
「ぐっ」
藩主がうめいた。
たしかな手ごたえがあった。
肩から首筋にかけて、ぱっくりと傷口が開く。
そこからも血が噴き出す。
だが……。
それでも藩主は立っていた。
嗤っている。
血だらけで嗤っている。

ふふふ……
ふふふふ……

ぞっとするような嗤いだった。
さしもの剣豪与力も動きを止めた。
悪しき藩主の剣がだらりと下がる。
しかし……。
力をなくし、いまにも斃れるわけではなかった。
圷若狭守は機をうかがっていた。
一瞬の隙を突き、剣豪与力の首を刎ねようとしていた。

ふふふ……
ふふふふ……

またしても嗤いが放たれる。

地の底、いや、地獄から響くかのような嗤いだった。

三

「陽之進どのっ！」

声が響いた。

鬼長官だ。

二人の戦いを見守っていた鬼長官は、剣豪与力の危難をいち早く察知した。

敵の剣はまだ活きている。

虎視眈々と逆転の一撃を狙っている。

そう悟った鬼長官は、剣豪与力の名を呼びながら身を前に躍らせた。

がんっ、と鈍い音が響いた。

手に衝撃が走る。

間一髪だった。

手負いの、いや、普通なら死んでいるはずの藩主の剣が、下段から鋭く繰り出されていた。

鬼長官が危難を救った。

剣豪与力は我に返った。

「平次！」

名を呼ぶ。

「ぬんっ」

鬼長官は坏若狭守に斬りかかった。

血しぶきが舞う。

返り血は剣豪与力にも振りかかった。

「とりゃっ」

今度は陽月流の遣い手が踏みこんだ。

ここが最後の勝負どころだ。

「てやっ」

剣豪与力は胴を斬った。

はらわたまで斬り裂く、強靭（きょうじん）な剣だ。

さしもの悪しき藩主もよろめいた。

「とりゃっ」

鬼長官が再び斬る。

たしかな手ごたえがあった。

首が半ば斬り離された。

それでも藩主は立っていた。

膾（なます）のごとくに斬られても、なお剣を握っていた。

「うぬの命はもうないはずだ。悟れ」

剣豪与力はそう言い渡した。

圷若狭守の体がぐらりと揺れた。


ふふふ……

ふふふふ……


声が響く。

だが……。

その嗤いは前より弱々しかった。

「これが……」

藩主は斬られた胴の傷口に手をやった。

はみ出たおのれのはらわたを引きずり出す。

「死か」

よろめきながら言う。

「死というものか……」

その表情が翳った。

「そうだ」

剣豪与力はうなずいた。

「うぬは死ぬ。地獄でわびよ」

引導を渡すように言う。

「そうか……」

坏若狭守はなおもよろめいた。

さらに血が噴き出す。

「慈悲だ」

剣豪与力の剣が一閃した。

藩主の首が宙に舞った。

どさり、と庭に落ちる。

それでも藩主は瞬(まばた)きをした。

最期に、圷若狭守は嗤ったように見えた。

その目がすーっと白くなる。

藩主はもう瞬きをしなかった。

下総黒池藩主は、死んだ。

四

「死んだか」

剣豪与力はふっと一つ息をついた。

「恐るべき敵でした」

鬼長官が首を指さした。

「まことに」

剣豪与力がうなずく。

「たしかに、死んでおりますな」

鬼長官が瞬きをする。

「おどかすな」

剣豪与力が顔をしかめたとき、中堂左門が近づいてきた。

「城代家老をはじめとして、家臣たちは投降済みです」

元隠密が伝えた。

「よし、これにて落着だな」

鬼長官がうなずいた。

「いや」

剣豪与力は建物を見上げた。

「まだ囚(とら)われの者がいるやもしれぬ」

引き締まった表情で言う。

「なら、探しましょうや」

小六が言った。

「牢(ろう)の錠なら壊せばいいんで」

大五郎親分が力こぶをつくる。

自彊館(じきょうかん)の二人も歩み寄ってきた。

「一人残らず救い出しましょう」

二ツ木伝三郎が言った。

「では、さっそく」

望地数馬が動いた。

「まずは救出が肝要だな」

刀を納めた剣豪与力が言った。

「囚われの者たちの救出に動くぞ」

鬼長官の声が響きわたった。

「承知で」

「加勢します」

配下の者たちが小気味よく答えた。

五

だれか……

たすけて……

階段を上がるにつれて、弱々しい声が響いてきた。

「いるぞ」

剣豪与力の声に力がこもった。

「救出だ」

鬼長官が気の入った声を発した。

「はっ」

代官所から派遣されてきた者たちのかしらが、いい声で答えた。

よろずに頼りになる男だ。


たすけて……

たすけて……


嫋々(じょうじょう)たる声が響く。

「待ってな」

「いま助けてやるから」

「もう大丈夫だ」

討伐隊変じて救出隊と化した者たちが口々に言った。

ややあって、牢の錠が大きな木槌(きづち)で壊された。

大五郎親分が力まかせに壊したのだ。

「よし、これでいいぞ」

「いま開けてやるから」

こうして、囚われていた者たちは解き放たれた。

みな涙だ。

一人ずつ身元を聞き、慎重に階段を下らせていく。

なかには江戸からかどわかされた娘もいた。

「これで帰れるからな」

鬼長官が言った。

しかし……。

解き放たれた娘たちに笑顔はなかった。

押し込みで身内が殺(あや)められたことはまだ伝えていないが、その場にいたのだから察しているだろう。

その後も、苦難の時が続いたことだろう。

「さぞつらかろうが、時が何よりの薬になる」

剣豪与力が情のこもった声で言った。

娘が小さくうなずく。

「いつの日か、また屈託なく笑える日が来るであろう。その時を待て」

剣豪与力は励ますように笑みを浮かべた。

その言葉を聞いた娘の目尻からほおにかけて、つ、とひとすじの水ならざるものが伝わっていった。

六

城代家老の堀越玄蕃はすっかり観念していた。

「もはや逃げも隠れもせぬ。藩邸にて沙汰を待つことにいたす」

堀越玄蕃は神妙な面持ちで言った。

「殊勝な心がけでござる」

剣豪与力がうなずいた。

「ただ、一つ願いが」

藩邸で端座する城代家老が言った。

「何なりと」

今度は鬼長官が言った。

「殿は成敗されたと聞き申した。そのながらは、くれぐれもねんごろに弔っていただきたい。のちのちに障りがなきように」

硬い顔つきで、堀越玄蕃が言った。

「心得ました」

鬼長官は即座に答えた。

「徳のある僧に任せねばな」

剣豪与力が言った。

「だれか心当たりは？」

鬼長官が城代家老に訊いた。

「圷家の菩提寺のご住職が適任かと」

堀越玄蕃が答えた。

その後は菩提寺の場所などを訊いた。住職は徳のある僧で、恐ろしい死を遂げた藩主が成仏できるように最善を尽くしてくれるだろうという話だった。

「目付の鷲津三郎太のなきがらも、お願い申す。生き残ったほかの家臣たちにも、なにとぞ慈悲を」

堀越玄蕃が頭を下げた。

「沙汰を待たれよ」

剣豪与力が落ち着いた声音で言った。

「沙汰が下るまでは、われらがしっかりと見張っておりますので」

代官所の兵のかしらが言った。

「頼むぞ」

葵の御紋の御旗を手にした鬼長官が言った。

「はっ」

頼りになる男が一礼した。

「殿を恐れるあまり、強く諫めることもできず、忸怩たる思いでござった。切腹を申しつけられても致し方ありますまい」

城代家老は観念した面持ちで言った。

「では、これにて」

鬼長官が動いた。

「御免」

剣豪与力が続く。

討伐隊の最後の一人が消えるまで、堀越玄蕃は唇を噛みしめて見送っていた。

七

町に触れが出た。

悪逆非道の圷若狭守が誅されたこと。

よって、もはや苛斂誅求は行われないこと。

圷家は断絶となるだろうが、下総黒池藩の今後については沙汰を待つこと。

そういったもろもろのことが、民にも分かりやすいように噛み砕いて伝えられた。

たとえば、高札場にはこんな貼り紙が出た。

あしきはんしゅはほろびたり

おいへはだんぜつとならん
もはやうれひなし
やすんじてくらせ
おつてさたをまて

それを読んだ民は欣喜雀躍した。

無理もない。

いままでのしかかっていた重石が取り除かれたのだ。こんな喜ばしいことはない。

「こんなめでてえことはねえべ」

「ありがてえ、ありがてえ」

「お天道様のおかげだべ」

民は口々に言った。

討伐隊は大歓迎を受けた。

「ご苦労さまでございました」

「おかげで助かったべや」

「南無阿弥陀仏、南無阿弥陀仏」

なかには両手を合わせて拝む者もいた。

「これ、うちで獲れた蓮根だべ。持ってって」

なかには作物を渡してくれる民もいた。

荷にはなるが、思いのこもった品だ。ありがたく持ち帰ることにした。

冬の日ざしがあたたかかった。

それを受けて、葵の御紋が光り輝く。

「ありがてえこって」

「一生忘れねえべ」

「道中お気をつけて」

民が手を振って見送る。

「みなも達者でな」

剣豪与力が笑顔で言った。

「つつがなく暮らせ」

鬼長官も和す。

「へえ、ありがてえこって」

「このたびはご苦労さまで」

「ありがてえ、ありがてえ」

なかには涙を流している者もいた。

「では、参ろう」

剣豪与力が言った。

志を果たした討伐隊は、こうして帰路に就いた。

第十一章　凱旋

一

「ひと仕事終えて食う飯はうめえっすね」

大五郎親分が満足げに言った。

「しかも、鰻の蒲焼きと肝吸いつきで」

小六が笑みを浮かべる。

「ちょうどいい宿が空いていたからな。たんと食え」

剣豪与力が言った。

「へい」

「もちろんで」

十手持ちとその子分が、いい声で答えた。

下総黒池藩を出たところで日が西に傾いてきたから、宿を探した。

幸い、凱旋する討伐隊が泊まれる宿が二軒見つかった。解放された者もゆっくり布団で休むことができる。

「食べ終えたら様子を見てきましょう」

鬼長官が言った。

「おう、そうしてくれ」

剣豪与力がそう言って、蒲焼きをのせた飯をほおばった。

ややあって、鬼長官が食事を終えた。

囚われていた娘たちが泊まっているもう一軒の宿へ向かう。

そこでは自彊館の二人が見張りを兼ねて詰めていた。二ツ木伝三郎と望地数馬だ。

「どうだ、様子は」

鬼長官がたずねた。

「みな鰻を味わっていましたよ」

二ツ木伝三郎が答えた。

「笑みが浮かんだときにはほっとしました」

望地数馬が白い歯を見せた。

「そうか。それは何よりだ」

鬼長官が表情をやわらげた。

「この宿には内湯もついていますから、ゆっくりつかって眠れば、幽閉の疲れも取れるでしょう」

自彊館の師範代が笑みを浮かべた。

「そうだな。眠るのがいちばんだ」

鬼長官がうなずいた。

様子を見に行くと、娘たちは茶を呑んでいた。宿のおかみが気を遣って詰めてくれている。

「飯は食ったか」

鬼長官が声をかけた。

「はい。いただきました」

一人の娘が緊張気味に答える。

「内湯の支度はできておりますので」

おかみが笑顔で言った。

「ゆっくりつかって、よく眠れ」

鬼長官が穏やかな声音(こわね)で言った。

「はい」

「ありがたく存じます」

娘たちが答えた。

心の傷が癒(い)えるまでには、まだ時がかかるだろう。

だが……。

明けない夜はない。

ひとたび闇に包まれても、世には必ず光が差す。

救い出された者たちに、幸あれかし。

鬼長官はそう願わずにはいられなかった。

二

「ここまで来れば江戸はあと少しだな」

剣豪与力が言った。

行徳からは舟に乗った。貸し切りではないから、ほかの客とともに何隻かに分かれて乗る。

「途中で富士のお山も見えたし、疲れが吹っ飛びましたぜ」

大五郎親分がそう言って、腹をぽんとたたいた。

「あのときは、だいぶ息が上がってましたからね、親分」

小六が言う。

「相撲取りの時分から、勝負が長引いたら分が悪かったんで」

閂の大五郎が苦笑いを浮かべた。

「それで、張り手一発でやっつけるようになったんだな」

剣豪与力が身ぶりをまじえた。

「閂とさばおりも。一気に決着をつけるのがおいらの相撲で」

大五郎親分が胸を張った。

「おいらは猫だましだけだったんで」

小六が両手を打ち合わせるしぐさをした。

いくらか離れたところにいた中堂左門が笑みのようなものを浮かべた。幽閉されていた者たちを救出するときなども、元隠密はめざましい働きを見せていた。

「何にせよ、年が明けるまでに決着して江戸へ戻れたのは重畳(ちょうじょう)だ」

剣豪与力が言った。

「江戸へ帰ったら、何をしますかい」

大五郎が問うた。

「まずは娘たちを無事に帰すことだな。親を亡くした者もいるが、必ず身寄りはいるはずゆえ」

剣豪与力は表情を引き締めて答えた。

「そのあたりは、ひと肌脱ぎますんで」

小六が二の腕をたたいた。

「それがしも」

左門も短く言った。

「頼む」

剣豪与力は短く答えてから続けた。

「落ち着いたらまた道場で稽古(けいこ)、それから、江戸屋で一献(いっこん)だ」

猪口(ちょこ)を傾けるしぐさをする。

「おいらは飯で」

大五郎親分が飯をかきこむしぐさをした。

「年越し蕎麦も食わねえと」

小六も言う。

「しばらく江戸のうまいものを食っていなかったからな。楽しみだ」

剣豪与力が白い歯を見せた。

船は滞りなく進んだ。

「まもなくですね」

鬼長官が言った。

「長かったが、御旗を無事に返すことができるな」

剣豪与力が旗指物を軽くかざした。

いまは巻いてある。葵の御紋を見たら、船に乗り合わせた者たちは肝をつぶしてしまうだろう。

「ほっとしました」

鬼長官が包み隠さず言った。

「あとは囚われていた者たちを返せば一段落だ」

剣豪与力が肩の荷を下ろしたように言った。

その行く手に、船着き場が近づいてきた。

三

「とりゃっ」

剣豪与力の声が響いた。

自彊館だ。

年の残りも少なくなった道場に、剣豪与力の声が再び響いた。

「ていっ」

鬼長官がひき肌竹刀（はだしない）で受ける。

「せいっ」

剣豪与力がさらに打つ。

ぱしーん、といい音が響いた。

「ぬんっ」

揺るがぬ腰の構えで、鬼長官が受ける。

両雄の稽古が続いた。

二ツ木伝三郎と望地数馬は、それぞれほかの門人に稽古をつけていた。

「脇が空いておりますぞ」

まもなく道場主となる男があきんどの門人に言う。

「はっ」

門人は殊勝に答え、またひき肌竹刀を打ちこんでいった。

「とりゃっ」

剣豪与力も打ちこむ。

「せやっ」

鬼長官が受ける。

稽古がひとしきり続き、阿吽の呼吸で両者が離れた。

ともに礼をする。

清々しい稽古が終わると、剣豪与力は奥の神棚のほうに歩み寄った。

鬼長官も続く。

そこには先代の道場主、芳野東斎の遺品の木刀が据えられていた。

拝む。

討伐隊が志を果たし、無事、江戸へ戻れたことを、剣豪与力はいまは亡き師に報告した。

ありがたく存じました。

この先も、どうか見守っていてください、先生。

剣豪与力は、心の中でそう語りかけた。

四

稽古を終えた二人は、飯屋で一献傾けた。

肴は寒鰤の照り焼きだ。よそでも出る料理だが、仁次郎の腕の冴えか、江戸屋のはひと味違う。

「江戸に帰ってきたなという味だな」

剣豪与力が笑みを浮かべた。

「まことに、そのとおりで」

鬼長官の箸も動く。

「炊き込み飯もうまいっすよ」

「おいら、三杯目で」

奥に陣取っていた駕籠かきたちが言った。

どちらも山吹色の鉢巻きだ。江戸屋の界隈は、冬でもどこかあたたかい。

「そう言われると、食いたくなるな」

剣豪与力が言った。

「お持ちいたしましょうか」

おかみのおはなが水を向ける。

「そうだな。軽めでよい」

剣豪与力が答えた。

「なら、おれももらおう」

鬼長官が手を挙げた。

「承知しました」

江戸屋のおかみが笑みを浮かべた。

ほどなく、炊き込み飯が運ばれてきた。

たっぷりの豆にひじき、それに、名脇役の油揚げ。具は三種だけだが、絶妙の味加減で、これがまた笑い出したくなるほどうまい。

「うまいな」

剣豪与力が言った。

「そのひと言で」

鬼長官も和す。

「けんちん汁もうめえ」

「いつもながら、具だくさんでよ」

駕籠かきたちの声が響く。

「そちらもいかがでしょう」

おかみがまた勧めた。

「それは締めに取っておくか」

剣豪与力が答えた。

「承知しました」

おかみは軽く頭を下げた。

「囚われていた娘たちは無事帰ったようで、まずは何よりだ」

剣豪与力はそう言って、鬼長官がついだ猪口の酒を呑み干した。

「左門に任せたのですが、身内は泣いて喜んでいたとか」

鬼長官が言う。

「さもありなん」

剣豪与力がうなずいた。

「時はかかるでしょうが、傷はだんだんに癒えるでしょう」

長谷川平次が言った。

「時が何よりの癒やし薬だからな」

月崎陽之進はそう言うと、残った照り焼きを口中に投じた。

「まことに」

鬼長官はうなずいた。

そのとき、にぎやかに掛け合いながら、二人の男が入ってきた。

「あっ、やっぱりここで」

「道場でなきゃ、飯屋だからな」

姿を現したのは、猫又の小六と門の大五郎だった。

五

「できたてのを持ってきましたぜ」

小六がそう言って、刷り物をさっと差し出した。

「かわら版か」

剣豪与力が受け取る。

「このたびの首尾が記されているのか」

鬼長官が少し身を乗り出した。

「へい。旦那(だんな)にも」

小六はもう一枚刷り物を渡した。

「おいらも一枚くんな。銭は払うからよ」

駕籠かきからも手が挙がった。

「そりゃありがてえ」

小六がさっと立ち上がり、刷り物を渡して銭を受け取った。

相変わらず動きが速い。

剣豪与力は刷り物に目を落とした。

こう記されていた。


葵の御紋の御旗を掲げた討伐隊が悪を一掃せり。

まだくはしい場所は明かせぬが、関八州のさる藩に極悪大名が居をり。この大名、あらうことか、諸国よりならず者を集め、手下を率ゐて江戸へ盗賊に出て居をり。おのれが借財のある商家へ押し込み、強引に棒引きにするばかりか、強奪やかどわかしをも行ふとは、言語道断の悪逆非道なり。

そもそもこの大名、領民には苛斂誅求、慈悲のかけらもなき政にて、蛇蝎のごとくに忌み嫌はれてゐたり。


「ひでえ大名がいたもんだ」

「藩主が盗賊かよ」

「しかも、江戸へ出張っていくとは」

かわら版をみなで読んでいた駕籠かきたちが口々に言った。

文面はさらに続く。

悪鬼のごときこやつをば、わが日の本にのさばらせておくわけにはいかず。

かくして幕命が下りぬ。

葵の御紋の御旗のもとに、一騎当千のつはものが集ひぬ。

討伐隊の働きは見事なり。極悪大名の藩には鉱山があり、その財にものを言はせて大砲などをひそかに購(あがな)へり。

大砲や銃が火を噴けども、討伐隊の精鋭は臆(おく)することなく巨悪に立ち向かへり。

首尾は上々。悪しき藩主は抗戦するも、つひには成敗(せいばい)されぬ。

かくして、世の安寧(あんねい)は守られぬ。

善哉善哉(よきかな)。


「よく書けているな」

ざっと目を通した剣豪与力が言った。

「左門さまに助けてもらったんで」

小六が笑みを浮かべた。

「ここまでなら書いてよいと言っておいたので」

鬼長官が明かした。

「なるほど」

剣豪与力がうなずいた。

「おかわりをくんな」

大五郎親分が丼(どんぶり)を差し出した。

「はいよ」

おはなが受け取る。

元相撲取りは相変わらずの健啖(けんたん)ぶりだ。

「お待たせしました」

ややあって、修業中の吉平が炊き込み飯の丼を運んできた。

だいぶ腕が上がり、ひとかどの料理人になってきたというもっぱらの評判だ。

「おう、ありがとよ」

大五郎親分が受け取る。

「では、そろそろ締めの一杯をもらうか」

剣豪与力が手を挙げた。

けんちん汁だ。

「付き合いましょう」

鬼長官が表情をやわらげた。

「なら、おいらも」

小六も手を挙げる。

「汁も呑むぜ」

大五郎親分も続いた。

頭数分のけんちん汁が来た。

人参、大根、里芋、葱、蒟蒻、豆腐、油揚げ……。

これでもかというほどに具が入っているから、椀を持つとずっしりと重い。

「これも江戸の味だな」

剣豪与力が満足げに言った。

「胡麻油の香りがたまりません」

鬼長官が笑みを浮かべた。

なおしばし、一同の箸が小気味よく動いた。

飯屋で出された料理は、やがてすべてきれいに平らげられた。

六

大晦日になった。

江戸屋では年越し蕎麦が出た。

出前はのびてしまうため無理だが、飯屋でふるまうことはできる。

「今年もさまざまなことがありました」

稽古納めを終えた二ツ木伝三郎が言った。

「討伐隊でも働いてもらったからな」

剣豪与力がそう言って、蕎麦を啜った。

むろん、あたたかい蕎麦にもできるが、江戸屋の年越し蕎麦はもりだけだ。江戸っ子らしく、音を立てて啜る。

「自彊館の働きがあったればこそだ」

鬼長官が笑みを浮かべた。

「恐れ入ります。……おう、食え」

二ツ木伝三郎が望地数馬に言った。

「はっ」

若き剣士が箸を取った。

「来年は蕎麦に倣（なら）って、細く長くやりたきもの」

剣豪与力が言った。

「それがいちばんですね」

鬼長官がそう答え、またいい音を立てて蕎麦を啜った。

飯屋には駕籠かきたちも何組かいた。大晦日は駕籠もかき入れ時だ。さっとたぐってはまたつとめに出ていく。

「これだけじゃ小腹が空くから、また来なきゃ」

「おれら、年越し蕎麦はたんと食うからよ」

「食ったらもうひと稼ぎだ」

駕籠かきたちの声が響く。

義助（ぎすけ）とおはる、飯屋のきょうだいも隅のほうで年越し蕎麦をたぐっていた。

どちらも背丈が伸びた。義助は折にふれて厨（くりや）に入り、父の仁次郎から料理の手ほどきを受けている。

「次は寒稽古ですね」

二ツ木伝三郎が竹刀を振り下ろすしぐさをした。

ちょうど通りかかった飯屋の飼い猫のさばがびくっと身をふるわせた。

母猫のみやは座敷の隅でまるまっている。飯屋のわらべも猫たちもいたって達者だ。

「その前に、初稽古では」

望地数馬が言った。

「ああ、そうか。似たようなものだが」

若き師範代が苦笑いを浮かべた。

「初稽古なら、平次とともに邪気払いの型をさらおう」

剣豪与力が身ぶりをまじえた。

「それはいいですね」

二ツ木伝三郎が乗り気で答えた。

「もう明日だが、来年こそ平らかな世にしたきもの」

剣豪与力が言った。

「まことに」

二ツ木伝三郎がうなずく。

「そのために、精一杯働かねばな」

剣豪与力はそう言うと、残った蕎麦をいい音を立てて平らげた。

終章　新たな門出

一

新年になった。

江戸の町は淑気に包まれた。

もっとも、厳かな気ばかりではない。

そこここで凧が揚がり、正月の風に吹かれて悦ばしく舞う。おのずと場は華やいだ。

「わあ、揚がった」

「すげえ」

「もっともっと」

わらべたちの歓声があがる。

大人はほうぼうへ初詣(はつもうで)に行った。

江戸に由緒ある神社仏閣は多い。人気のある古刹(こさつ)や神社の前にはお参りの列ができた。

「どうか今年一年、達者で暮らせますように」

「病にかかりませんように」

「商売繁盛、お願いいたします」

両手を合わせ、それぞれの願いごとをする。

神籤(みくじ)が引かれる。

「おっ、大吉だぞ」

「おいらは末吉だ」

「ちっ、正月から凶を引いちまった」

これも一喜一憂だ。

家へ帰れば、おせちと雑煮(ぞうに)が待っている。

餅(もち)は角餅。

すまし汁の中に焼き餅と蒲鉾(かまぼこ)、それに小松菜や椎茸(しいたけ)などが入る。あつあつの雑煮に加えられた削り節が楽しげに踊る。

そんな三が日が、滞りなく過ぎた。

二

そろそろ松が取れるかという頃合いに、自彊館で初稽古が行われた。ともに動ける日いささか遅いが、剣豪与力も鬼長官もおのれのつとめがある。ともに動ける日ということでここまで待った。

年が改まり、新たに道場主となった二ツ木伝三郎、望地数馬、そのほかの門人たちは清浄な白い胴着に身を包んでいた。

むろん、剣豪与力と鬼長官も然りだ。

「これより初稽古を始める」

若き道場主が言った。

「まずは、東斎先生に、礼！」

二ツ木伝三郎は気の入った声を発した。

一同は奥の神棚に向かって深々と一礼した。

剣豪与力も頭を下げた。

亡き師の面影がよみがえる。


今年もわれらを見守っていてください、先生。

世の安寧のため、懸命に励みますので。


剣豪与力は亡き師に向かって語りかけた。

「では、型稽古を」

道場主がうながした。

「おう」

剣豪与力が前へ進み出た。

「それがしも」

鬼長官も続く。

「われらは正座で見守る」

二ツ木伝三郎が言った。

「はっ」

望地数馬が真っ先に座った。

「いざ」

剣豪与力が木刀を構えた。

「おう」

鬼長官が応じる。

ほどなく、邪気を祓う型稽古が始まった。

三

「一」

剣豪与力が木刀を振り下ろした。

「一」

鬼長官が続く。

「二」

「二」

声を発しながら、木刀を振る。

剣豪与力と鬼長官が唱えているのは、ひふみ神言だった。

世の成り立ちを言霊（ことだま）とした神呪だ。

一二三四五六七八九十
ひとふたみよいつむゆななやここのたり

これを三度繰り返す。

ここで言葉が変わった。

「百千萬（ももちよろず）」

剣豪与力は木刀を上段に構えた。

「百千萬」

鬼長官も続く。

動きが変わった。

ふるへ
ゆらゆらと
ふるへ

邪気を祓うように、木刀が動く。

自彊館は清浄の気に包まれた。

残心をした剣豪与力と鬼長官は、ゆっくりと木刀を納めた。

「ありがたく存じました」

端座したまま、新たな道場主が一礼する。

邪気を祓う型稽古が終わった。

「よし、ひき肌竹刀(はだしない)に持ち替えて、通常の稽古だ」

剣豪与力が言った。

「はっ」

鬼長官が引き締まった表情で答える。

「われらも」

二ツ木伝三郎が立ち上がった。

「おう」

望地数馬が続く。

ほかの門人たちも腰を上げ、相手を見つけて稽古を始めた。

ぱしーん、ぱしーん……

掛け声にまじって、ひき肌竹刀が打ち合わされる音が小気味よく響いた。

四

いくらか経ったある日、奉行所に詰めていた剣豪与力のもとに、思わぬ知らせがもたらされた。

元隠密で、いまだ幕閣とつながりがある中堂左門が訪れ、意想外な用向きを伝えたのだ。

「ご老中がおれに？」

剣豪与力は驚いたように問うた。

「はい。長官とともにと」

左門は表情を変えずに答えた。

「平次もか」

剣豪与力が問う。

元隠密は黙ってうなずいた。

「何の用であろうな」

剣豪与力は首をかしげた。

「分かりませぬが、若年寄さまもお見えになるやもしれぬと」

左門は伝えた。

「いよいよもってただならぬな。いずれにせよ、正装で参らねば」

剣豪与力は表情を引き締めた。

「当日は早めにお越しいただき、書院にてお待ちいただくことになろうかと」

左門が言った。

「分かった。大儀だったな」

剣豪与力は労をねぎらった。

「はっ」

つとめを終えた元隠密は、すっと腰を上げた。

鬼長官のもとにも同じ知らせがもたらされた。

「ご老中と若年寄さまか」

鬼長官はあごに手をやった。

「用向きは分かりませぬ」

左門が言った。

「とにもかくにも、出向くしかあるまい」

鬼長官の顔つきが引き締まった。

「どうかよろしゅうに」

左門が一礼した。

「陽之進どのと一緒に拝謁するのだな？」

鬼長官は確認した。

「そう聞いております」

元隠密は答えた。

「ならば、怖いものはない。肚をくって臨もうぞ」

鬼長官はようやく表情をやわらげた。

五

その日が来た。

剣豪与力と鬼長官は正装で登城した。大名や旗本ではないから長裃ではないが、紋付き羽織袴に威儀を正している。

呼び出しがあるまで、二人は小体な書院で待機することになった。

「緊張するのう」

いつもとは勝手が違う様子で、剣豪与力が言った。

「何かお咎めがあるのではなかろうかと思うと、いささかこのあたりが」

鬼長官が胸に手をやった。

「圷若狭守を成敗したお咎めか」

剣豪与力が声を落とした。

「ええ。思わぬ筋から異議が発せられたとか」

鬼長官が答える。

「されど、討伐隊を組むことに関しては、根回しができていたはず。われらは上意で討伐に向かったのだ」

剣豪与力は首をかしげた。

「たしかに」

鬼長官がうなずく。

しばらく重い沈黙があった。

「まあされど、いきなり切腹ということはありますまい」

鬼長官が言った。

「おどかすな、平次」

と、剣豪与力。

「はい」

また書院を沈黙が領した。

ほどなく、足音が響き、小姓が姿を現した。

「ご案内いたします」

小姓が言った。

「よし」

剣豪与力が気を入れて立ち上がった。

「参りましょう」

鬼長官が続いた。

六

「苦しゅうない。面(おもて)を上げよ」

謁見(えっけん)の間に声が響いた。

「はっ」

剣豪与力は顔を上げた。

鬼長官が続く。

二人の重臣が並んでいた。その表情を見た刹那(せつな)、剣豪与力は胸をなで下ろした。これからお咎めが下されるのであれば、もっと厳しい顔つきをしているに違いない。

まず二人の幕閣が手短に名乗った。

髷(まげ)が白くなっている左の男が筆頭老中、ひと目見たら忘れられない福耳の男が若年寄だった。

「このたびの下総黒池藩での働き、大儀であった」

老中が労をねぎらった。

「ありがたく存じます」

ほっとする思いで、剣豪与力は一礼した。

「圷家は御家断絶、藩はお取りつぶしと決まった。そのほうらの働きである。まことに大儀であった」

老中は重ねて言った。

「恐縮至極でございます」

鬼長官が硬い表情で答えた。

「藩主自ら盗賊となり、借財のある商家へ押し込みを働くとは、まことにもって言語道断、不届き千万なり」

若年寄が言った。

「幕藩体制の屋台骨をも揺るがしかねぬ不祥事であった。そのほうらの働き、上様もいたくお喜びである」

老中が少し表情をやわらげた。

「もったいのうございます」

剣豪与力は頭を下げた。

鬼長官も続く。

「何にせよ、これで禍根は断たれた。下総黒池をだれが統べるかは決まっておらぬが、民にとってはよき時が訪れることであろう」

老中が言った。

「城代家老の処遇はどうなりましたでしょうか」

剣豪与力が控えめに問うた。

投降した堀越玄蕃のことだ。

「城代家老は剃髪して出家し、このたびのいくさで命を落とした者たちの菩提を弔うことになった」

老中は答えた。

「さようでございますか」

ほっとする思いで、剣豪与力が答えた。

堀越玄蕃の苦渋に満ちた顔が浮かんだ。

切腹を仰せつかったと思っていたから、これは望外のことだった。

「さて」

老中が座り直した。

若年寄に目配せをしてから続ける。

「このたびは、異例ではあったが討伐隊を率い、本来の縄張りとは違う地にてめざましい働きを示してくれた。昨今の悪は、このたびの藩主と盗賊の両刀遣いもそうだが、以前よりはるかに悪知恵を働かせ、行いの場も格段に幅広くなっている。なかには従来の体制では対処しきれぬ悪もいる。それは向後、ますます増えていくだろう」

「そこで」

今度は若年寄が口を開いた。

一つ咳払いをしてから続ける。

「このたび、ひそかに新たな御役を設けることになった。加役というかたちだが、言ってみれば影御用で、表向きにはないことになっている御役だ」

福耳の若年寄がいくらか表情をやわらげた。

「どんな御役でございましょう」

剣豪与力がたずねた。

「それは、ご老中から」

若年寄が手で示した。

「紙に記してきた」

白い髷の筆頭老中はそう言うと、ふところから一枚の紙を取り出した。開く。

こう記されていた。

諸国悪党取締役

「しょこくあくとうとりしまりやく……」

鬼長官が読む。

「そのほうには火付盗賊改方長官という御役がすでについている。よって、眼目となる諸国悪党取締役の加役は、町方の与力である月崎陽之進につとめてもらう」

老中が言った。

「ははっ」

剣豪与力が頭を下げた。

「長谷川平次、そのほうは諸国悪党取締役の補佐役だ」

今度は鬼長官に言う。

「ありがたき倖せに存じます」

鬼長官は深々と一礼した。

「代官所などでは追いきれぬ巨悪を討つべく、新たに設けられた御役だ。いざ捕り物とならば兵は集める。力を合わせ、知恵を絞って励め」

老中が言った。

「頼みにしておるぞ」

若年寄も和す。

「ははっ。励みまする」

剣豪与力が気の入った声を発した。

「同じく、一命を賭して励みまする」

鬼長官も引き締まった表情で言った。

七

御城を出ると、剣豪与力はふっと一つ息をついた。

「ほっとしましたな、陽之進どの」

安堵(あんど)の面持(おもも)ちで、鬼長官が言った。

「まことに。思わぬ話の成り行きだったが」

剣豪与力が答えた。

「まったく予想もしておりませんでした」

御堀端を歩きながら、鬼長官が言った。

「切腹とは大違いだったな」

剣豪与力が笑う。

「ありがたいことで」

鬼長官が軽く両手を合わせた。

「向後は左門が悪党退治の話を持ってきたりするのだろうな」

剣豪与力の顔つきが引き締まった。

「そこで、町方の与力から諸国悪党取締役に早変わりですね」

鬼長官が歌舞伎役者のようなしぐさをした。

「おぬしは火付盗賊改方長官から諸国悪党取締役補佐役だ」

と、剣豪与力。

「いや、それがしは長官のまま加役になることも」

鬼長官が答えた。

「関八州を出て悪党と戦うことになるかもしれぬではないか」

剣豪与力が言った。

「ああ、その場合は早変わりで」

鬼長官は白い歯を見せた。

正月のさわやかな風が吹いていた。御堀の水が光を悦ばしく弾いている。

「久々に駆け比べでもするか」

剣豪与力が水を向けた。

「このいでたちでですか」

鬼長官が袴に手をやった。

「長袢では無理だが、どうにか走れるだろう」

剣豪与力が乗り気で言った。

「たしかに。なら、向こうの辻まで」

鬼長官が指さした。

「おう、望むところだ」

剣豪与力が笑った。

八

走る、走る。

剣豪与力が走る。

駆ける、駆ける。

鬼長官が駆ける。

御堀端で、二人の駆け比べが始まった。

すれ違った者が目を瞠(みは)る。

何事ならんとあたりを見回す。

駆ける、駆ける。

剣豪与力が駆ける。
走る、走る。
鬼長官が走る。
いい勝負だ。
剣豪与力が先んずれば、鬼長官が追いつく。
鬼長官が前に出れば、負けじと剣豪与力が肩を並べる。
走る、走る。
息を切らしながら、剣豪与力が走る。
駆ける、駆ける。
腕を振って、鬼長官が駆ける。
辻が迫った。
あと少しだ。
ともに力を振り絞った。
剣豪与力と鬼長官は、同時に辻にたどり着いた。
剣豪与力はひざに手をやった。
久々に全力で走ったから、心の臓がばくばくしていた。

「……分けだな」

息を整えてから、剣豪与力が言った。

「いい勝負で」

鬼長官はそう答えて、額の汗をぬぐった。

御堀の鳥が数羽、空へ飛び立っていった。

その白い羽が目にしみるようだった。

「美しいのう」

剣豪与力が瞬(まばた)きをした。

「はい、美しき姿で」

鬼長官がうなずく。

「美しき日の本を守らねばな」

新たに諸国悪党取締役になった男が言った。

「守りましょう。力のかぎり」

その補佐役が引き締まった表情で答えた。

[参考文献一覧]

『一流料理長の和食宝典』（世界文化社）
田中博敏『お通し前菜便利集』（柴田書店）
田中博敏『旬ごはんとごはんがわり』（柴田書店）
『一流板前が手ほどきする人気の日本料理』（世界文化社）
『人気の日本料理2　一流板前が手ほどきする春夏秋冬の日本料理』（世界文化社）
野﨑洋光『和のおかず決定版』（世界文化社）
畑耕一郎『プロのためのわかりやすい日本料理』（柴田書店）
土井勝『日本のおかず五〇〇選』（テレビ朝日事業局出版部）
『復元・江戸情報地図』（朝日新聞社）
西山松之助編『江戸町人の研究　第三巻』（吉川弘文館）
御影舎古川陽明『古神道祝詞ＣＤブック』（太玄社）

コスミック・時代文庫

剣豪与力と鬼長官
押し込み大名

2023年11月25日　初版発行

【著 者】
倉阪鬼一郎

【発行者】
佐藤広野

【発 行】
株式会社コスミック出版
〒154-0002 東京都世田谷区下馬 6-15-4
代表　TEL.03(5432)7081
営業　TEL.03(5432)7084
FAX.03(5432)7088
編集　TEL.03(5432)7086
FAX.03(5432)7090

【ホームページ】
https://www.cosmicpub.com/

【振替口座】
00110 - 8 - 611382

【印刷／製本】
中央精版印刷株式会社

乱丁・落丁本は、小社へ直接お送り下さい。郵送料小社負担にて
お取り替え致します。定価はカバーに表示してあります。

ISBN978-4-7747-6514-3 C0193

吉岡道夫 ぶらり平蔵〈決定版〉刊行中！

① 剣客参上
② 魔刃疾る
③ 女敵討ち
④ 人斬り地獄
⑤ 椿の女
⑥ 百鬼夜行
⑦ 御定法破り
⑧ 風花ノ剣
⑨ 伊皿子坂ノ血闘
⑩ 宿命剣
⑪ 心機奔る
⑫ 奪還
⑬ 霞ノ太刀
⑭ 上意討ち
⑮ 鬼牡丹散る
⑯ 蛍火
⑰ 刺客請負人
⓲ 雲霧成敗
⓳ 吉宗暗殺
⓴ 女衒狩り

隔月順次刊行中

※白抜き数字は続刊